诗人与诗

周邦彦

夜长莫惜空酒觞

孟祥静 编

河海大学出版社
HOHAI UNIVERSITY PRESS
· 南京 ·

图书在版编目（CIP）数据

周邦彦 ：夜长莫惜空酒觞 / 孟祥静编. -- 南京 ：
河海大学出版社，2022.3
（诗人与诗 / 李路主编）
ISBN 978-7-5630-7410-5

Ⅰ. ①周… Ⅱ. ①孟… Ⅲ. ①宋词—选集②周邦彦（
1056-1121）—人物研究 Ⅳ. ①I222.844②K825.6

中国版本图书馆CIP数据核字(2022)第006976号

丛 书 名 / 诗人与诗
书　　名 / 周邦彦：夜长莫惜空酒觞
ZHOU BANGYAN：YECHANG MOXI KONG JIUSHANG
书　　号 / ISBN 978-7-5630-7410-5
责任编辑 / 毛积孝
丛书主编 / 李　路
特约编辑 / 齐　静
特约校对 / 王　敏
装帧设计 / 刘昌凤
出版发行 / 河海大学出版社
地　　址 / 南京市西康路1号（邮编：210098）
电　　话 /（025）83737852（总编室）
/（025）83722833（营销部）
经　　销 / 全国新华书店
印　　刷 / 三河市元兴印务有限公司
开　　本 / 660毫米×960毫米　1/16
印　　张 / 13.5
字　　数 / 164千字
版　　次 / 2022年3月第1版
印　　次 / 2022年3月第1次印刷
定　　价 / 59.80元

目录

周邦彦生平与创作

周邦彦诗

周邦彦词

周邦彦生平与创作

生平：风流才子，因赋获仕

周邦彦，北宋晚期著名词人，字美成，号清真居士，钱塘（今浙江杭州）人。其作品主要有《清真居士集》《片玉集》，《清真居士集》已佚，今存《片玉集》。

家世与家乡

北宋仁宗嘉祐元年（1056），周邦彦出生在钱塘的一个官宦家庭，他曾在《南浦》一词中提道："吾家旧有簪缨。"其五世祖曾为钱王的臣僚，四世祖周仁礼年轻时北迁汴京，至周邦彦的祖父周维翰时已经迁回了钱塘。周邦彦的叔父周邠及其子周邦式均为进士出身，叔父还曾做过杭州的地方官。周邦彦的父亲周原虽未中进士，但也有读书的习惯，据其墓志铭记载："家有藏书，清晨必焚香发其覆拜之。有笑者，辄曰：'圣贤之道尽在是，敢不拜耶？'"良好的家庭环境和氛围对少年时期的周邦彦产生了重要影响。周邦彦幼时便酷爱读书，《宋史・文苑传》称其"博涉百家之书"。

周邠在宋代诗坛上虽然没有什么名气，但与当时诗词名家也多有唱和，如秦观有《次韵酬周开祖宣义》、苏轼有《会客有美堂周邠长官与数僧同泛湖往北山湖中闻堂上歌笑声以诗见寄因和二首时周有服》等。自幼便深得叔父疼爱的周邦彦自然也受到叔父的影响，后来周邦彦的诗自是超越了父辈。

钱塘地处东南，美丽的自然景观自古便吸引了大量的文人墨客，这里有大量的人文遗迹。白居易、苏东坡等都曾在此为官，并留下脍炙人口的诗篇。如白居易的《忆江南》、柳永的《望海潮》等。白居易晚年还无限感慨地回忆：“江山与风月，最爱是杭州。”钱塘的繁华在柳永那里是“东南形胜，三吴都会，钱塘自古繁华”，不但有“三秋桂子，十里荷花”的美景，还有“羌管弄晴，菱歌泛夜”的纸醉金迷。这样的都市对少年时期周邦彦的思想和性格也产生了不可忽视的影响。周邦彦婉约的词风、多情的性格与其成长环境有着密不可分的关系。

名声大震

少年时期的周邦彦个性比较疏散，因此“不为州里推重”。神宗元丰二年（1079），周邦彦离开家乡钱塘，西上汴京，到京都进入太学继续深造。周邦彦在京师的主要任务还是读书，在太学期间也写过一些文章。如模仿韩愈《送穷文》所写的《祷神文》，不过模仿痕迹过于明显，艺术成就自然也是无法与韩愈相提并论的。《足轩记》也未能突破庄子《齐物论》中的哲学范畴。

元丰五年（1082），宋夏交战，史称“永乐城之战”，这一战宋军战败，损失惨重。不少士大夫纷纷拿起笔抒发心中的郁闷。周邦彦也写下了《天赐白》诗并序，全诗构思巧妙，将两国之间的战事通过一匹战马来表现。

元丰六年（1083），太学生纷纷给皇帝献赋。周邦彦也写了一首长达万余言（一说七千言）的《汴都赋》，正是这篇赋使周邦彦一时间名声大震，正如楼钥《清真先生文集序》所言：“声名一日震耀海内。”王国维在《清真先生遗事》中也对此赋给予了极高的评价：

先生《汴都赋》变《二京》《三都》之形貌，而得其意，无十年一纪之研炼，而有其工。壮采飞腾，奇文绮错。两刘博奥，乏此波澜；两苏汪洋，逊其典则。至今同时硕学，只读偏旁；异世通儒，或穷音释。然在先生犹为少作也。

一篇赋为什么能让周邦彦一鸣惊人呢？据说《汴都赋》中多古文奇字，宋神宗命尚书左丞李清臣朗读此赋时，进士出身的李清臣也不能尽识其字，有些字只能按照偏旁来读或者用形声相近的字音代替。文章气势磅礴，用铺张扬厉的手法描绘了汴京的繁华、宫殿楼阁的宏伟、仓库的富足，歌颂了新政取得的政绩等。神宗听后也大为惊异，亲自在政事堂召见了周邦彦，并将其破格提拔为太学正。

三年后，神宗去世，年幼的哲宗继位，由高太后执政，一时间旧党擅权。周邦彦虽对党争没有什么兴趣，但因其《汴都赋》为新政歌功颂德，也受到旧党的排挤。元祐二年（1087），周邦彦被调到庐州（今安徽合肥）。周邦彦在汴都待了将近十年，这十年间，除了读书，在政治上并没有太大作为，但因其疏隽少检、自由不羁的个性，以及受少年时期生活环境的影响，他很快融入京都繁华的生活中，结识了不少歌伎舞女，写下了许多风格秾丽、音律和谐的词，这些歌词在坊间广为流传。

中年辗转

周邦彦32岁被调离京师，直到哲宗绍圣四年（1097）才被调回京城，任国子监主簿。这时周邦彦已经42岁，这十一年间便辗转在各州县。周邦彦先是在庐州担任州学教授，后来又到了荆州，也曾在溧水做过县令，还游历过长安等。

在外羁旅的这些年，虽然也有官可做，但周邦彦还是非常怀念京都和钱塘的生活，怀念他的那些歌女们，因此，心中常觉苦闷，充满忧愁。而这个时期正是他在创作上丰收、艺术上成熟的时期，词风也由香艳转为沉郁。

在寓居庐州、荆州时其代表词作有《宴清都》《玉楼春》《倒犯》《少年游》《锁阳台》《风流子》《尉迟杯》《渡江云》等。其中《宴清都》最能表达他旅居外地苦闷的心情。

地僻无钟鼓。残灯灭，夜长人倦难度。寒吹断梗，风翻暗雪，洒窗填户。宾鸿漫说传书，算过尽、千俦万侣。始信得、庾信愁多，江淹恨极须赋。

凄凉病损文园，徽弦乍拂，音韵先苦。淮山夜月，金城暮草，梦魂飞去。秋霜半入清镜，叹带眼、都移旧处。更久长、不见文君，归时认否？

周邦彦从繁华的京都来到偏僻的州县，心境自是愁闷，但在庐州，也不是毫无生活乐趣。他还是会经常出入青楼，并和当地的文人士子有所交往。因此，在离开庐州时也有值得追忆的往事，如他在离别之际写下著名的《玉楼春·桃溪不作从容住》以赠心中留恋的歌女。

桃溪不作从容住。秋藕绝来无续处。当时相候赤栏桥，今日独寻黄叶路。

烟中列岫青无数。雁背夕阳红欲暮。人如风后入江云，情似雨余黏地絮。

周邦彦离开庐州后，辗转到了湖北的荆州。不过周邦彦在荆州的这段时间史志并没有明确的记载，只是可从诗词中推断而出。王国维曾推测说："在荆州亦当任教授等职。"不管所任何职，周邦彦在更加偏远的荆州更加思念家乡、怀念京都。如描写风景的《少年游·南都石黛扫晴山》中便透出一种凄苦之情、幽怨之愤。

南都石黛扫晴山。衣薄耐朝寒。一夕东风，海棠花谢，楼上卷帘看。

而今丽日明如洗，南陌暖雕鞍。旧赏园林，喜无风雨，春鸟报平安。

如荆州的元宵节，热闹的节日氛围却让独倚高楼的词人满怀愁绪，因此，在《解语花·元宵》中周邦彦无限伤感地感叹时光流逝。

风销绛蜡，露浥红莲，灯市光相射。桂华流瓦，纤云散、耿耿素娥欲下。衣裳淡雅。看楚女、纤腰一把。箫鼓喧、人影参差，满路飘香麝。

因念都城放夜。望千门如昼，嬉笑游冶。钿车罗帕。相逢处、自有暗尘随马。年光是也。唯只见、旧情衰谢。清漏移，飞盖归来，从舞休歌罢。

在外漂泊孤独的日子里，周邦彦也更加怀念自己的家乡，但只有在梦中才能回到遥远的家乡。如《锁阳台·怀钱塘》：

山崦笼春，江城吹雨，暮天烟淡云昏。酒旗渔市，冷落杏花村。苏小当年秀骨，萦蔓草、空想罗裙。潮声起，高楼喷笛，五两了无闻。

凄凉怀故国，朝钟暮鼓，十载红尘。似梦魂迢递，长到吴门。闻道花开陌上，歌旧曲、愁杀王孙。何时见、名娃唤酒，同倒瓮头春。

元祐八年（1093），周邦彦离开荆州，被调往溧水县担任县令。周邦彦做了多年的学官，现在出任地方官，并不是很适应，因其骨子里并不是一个政治家，而是一个风流多情的文人。溧水地势低洼贫瘠，民生劳苦，周邦彦在此一面与民休息，一面处理烦琐的公务。在溧水这段时间，周邦彦更觉失意，有时自比当年失意流落的白居易，在《满庭芳·风老莺雏》中发出“凭栏久，黄芦苦竹，拟泛九江船”的感叹。为了摆脱愁闷失落之情，周邦彦在处理完政事之余去游览道教胜地茅山，并在诗词中表达出追求神仙的旷达境界，以期超脱尘世的思想。

晚年顺遂

绍圣四年（1097），周邦彦被召回汴京任国子监主簿，这一年他已经42岁。第二年，受到哲宗召见，让其再进《汴都赋》，随后授秘书省正字。此后，周邦彦便长期在京任职，仕途顺畅。三年后，宋徽宗继位，周邦彦改授校书郎，后来又升任考功员外郎、卫尉少卿、宗正少卿兼议礼局检讨等职，几年后，再升任卫尉卿，以直龙图阁出知河中府。宋徽宗为了让周邦彦修完礼书，便将他留在京都。一年后，周邦彦改知隆德府（今山西长治），后来徙知明州府（今浙江宁波）。政和六年（1116），周邦彦被再度调回京都，这一年周邦彦已经61岁，拜秘书监，以徽猷阁待制接替蔡攸提举大晟府。后来，由于他不愿与蔡京合作，再度受到排挤，出知顺昌府（今安徽阜阳）。宣和二年（1120），徙知处州（浙江丽水），同年提举南京鸿庆宫。由于这时以方腊为首的农民起义已席卷江南，接到朝廷任命的周邦彦只好逃难到杭州，又从杭州西上过天长，到达南京（今河南）。宣和三年（1121），卒于南京，时年66岁，获赠宣奉大夫。

周邦彦晚年虽然也曾外调，但总体来说，算是比较平稳，既没有卷入当时激烈的党争，也没有受到多大的挫折，仕途顺遂，步步高升，位至列卿。晚年的周邦彦经历过人生的起起落落之后，思想已经较为平和，在其晚年的词作中，对早年放荡冶游的行为进行了反思，看淡了名利，同时对国势衰颓深感忧虑。

创作：集婉约之大成，开格律之先河

宋朝统一后，结束了自唐代安史之乱后动荡的社会局面，经济不断发展，社会进入相对稳定的时期。这样的环境为文化的繁荣奠定了基础，尤其是词这种兴起于民间的体裁在宋代更是发展到了极致。

周邦彦生活在北宋晚期，北宋词坛发展至此已几经变革。北宋早期词仍局限于小令，以晏殊、欧阳修为代表的一派虽有不少佳作，但主要还是承袭晚唐、五代遗风，并且还是小令。直到宋仁宗年间，“奉旨填词”的柳永才革新了词体，创作了大量慢词。柳永利用民间原有的曲调，变旧曲为新声，创新了许多写作技法，使宋词整个格局为之一新，宋词风格也由含蓄变得直白。到宋神宗时期，苏轼由于对柳永词的空疏、浮浅极为不满，因此，进一步突破音律的束缚，以诗为词，力求高雅，扩大了词的题材范围，提高了词的境界，为南宋豪放词开了先导。但苏轼的革新因“不合音律”，受到不少人的攻讦，因此，在词作上并没有取得太大成就。

博采众长

周邦彦在柳永、苏轼之后，博采众家之长，成为宋词的集大成者。

作为婉约词的集大成者，周邦彦继承前人，开创出整饬字句的格律之风，在艺术技巧上精益求精，变柳永的平铺直叙为委婉曲折，使婉约词在艺术上走向高峰。唐圭璋在《唐宋词鉴赏辞典》中对周邦彦的贡献作如是评价："北宋婉约作家，周最晚出，熏沐往哲，涵泳时贤，集其大成。"陈振孙在《直斋书录解题》中说："周美成多用唐人诗句隐括入律，浑然天成。长调尤善铺叙，富艳惊工，词人之甲乙也。"

周邦彦为了增强词的艺术性，在叙事中往往夹带着抒情成分，在词作中表现情感的变化，如《蝶恋花·秋思》：

月皎惊乌栖不定。更漏将残，轳辘牵金井。唤起两眸清炯炯。泪花落枕红绵冷。

执手霜风吹鬓影。去意徊徨，别语愁难听。楼上阑干横斗柄。露寒人远鸡相应。

该词描写离别的过程，虽然篇幅短小，但情节完整，描写细腻传神，把离别的痛苦和忧愁表现得淋漓尽致。

周邦彦还将抒情词由单纯的抒情变为用赋的手法进行层层铺叙，并融入小说手法，使词的表现更具艺术手法，如《拜星月·秋思》：

夜色催更，清尘收露，小曲幽坊月暗。竹槛灯窗，识秋娘庭院。笑相遇，似觉琼枝玉树，暖日明霞光烂。水眄兰情，总平生稀见。

画图中、旧识春风面。谁知道、自到瑶台畔。眷恋雨润云温，苦惊风吹散。念荒寒、寄宿无人馆。重门闭、败壁秋虫叹。怎奈向、一缕相思，隔溪山不断。

这首词上阕采用倒叙手法，追忆初次拜访的细节，下阕回忆之中又有回忆，介绍了被迫分离的经过，最后又回到现实，表达一个人孤寂苦闷的心情。整首词采用铺叙手法，文辞婉转，情节完整曲折，如同唐代传奇小说。

精通音律

周邦彦精通音律，音乐才能出众，且曾提举大晟府，受徽宗之命讨论“古音审是”，专门负责“音乐整理”工作。因此，周邦彦在研音炼字审订词调方面作了很多贡献，在填词技巧上有不少创新之举。周邦彦还能“自度曲”，在对苏轼“不合音律”进行矫正的同时，吸收柳永、秦观等在音律方面的成就，创作了《六丑》等新的词牌，开格律派之先河，为格律派词人所宗。

张炎在《词源》里把周邦彦对宋词格律的贡献论述得非常详尽：“自隋唐以来，声诗间为长短句，至唐人则有《尊前》《花间集》。迄于崇宁，立大晟府，命周美成诸人讨论古音，审定古调，沦落之后，少得存者。由此八十四调之声稍传。而美成诸人又复增演慢曲、引、近，或移宫换羽，为三犯、四犯之曲，按月律为之，其曲遂繁。美成负一代词名，所作之词，浑厚和雅，善于融化词句，而于音谱，且间有未谐，可见其难矣。”周邦彦重视词与音乐的协调，使词在声律方面基本完成了规范化和严整化。

周邦彦创作的词格律严谨，读起来抑扬顿挫富有变化，又能与乐曲完美结合。所以，周邦彦的词不但在坊间深受歌女的欢迎，甚至连贵族、文人学士都爱唱其词。正如沈雄在《古今词话》中所言：“徽庙时，邦彦提举大晟乐府，每制一词，名流辄为赓和，东楚方千里、乐安杨泽民全和之，合为《三英集》行世。”如富有音乐美的《绕佛阁·旅情》：

暗尘四敛。楼观迥出，高映孤馆。清漏将短。厌闻夜久、签声动书幔。桂华又满。闲步露草，偏爱幽远。花气清婉。望中迤逦，城阴度河岸。

倦客最萧索，醉倚斜桥穿柳线，还似汴堤，虹梁横水面。看浪飐春灯，舟下如箭。此行重见。叹故友难逢，羁思空乱。两眉愁、向谁舒展。

章法严密

宋词自柳永开始长调渐多，词的篇幅也变长，为了更好地“谋篇布局”，词人往往需要花费不少心思，却又难以做到浑然一体。柳永、苏轼作为宋词重要的革新者，自有各自的长处，如柳永善于有条理地铺叙，苏轼虽不善铺叙，但能以奔放豪迈的情感贯穿全词。而周邦彦则注重讲究章法，精心布局，并能灵活运用多种艺术手法打破时空限制，将不同时间、地点的事情交叉糅合，表现得张弛有度，引人入胜。如《兰陵王·柳》：

柳阴直。烟里丝丝弄碧。隋堤上、曾见几番，拂水飘绵送行色。登临望故国。谁识。京华倦客。长亭路，年去岁来，应折柔条过千尺。

闲寻旧踪迹。又酒趁哀弦，灯照离席。梨花榆火催寒食。愁一箭风快，半篙波暖，回头迢递便数驿。望人在天北。

凄恻。恨堆积。渐别浦萦回，津堠岑寂。斜阳冉冉春无极。念月榭携手，露桥闻笛。沉思前事，似梦里，泪暗滴。

周邦彦在这首词中利用严谨的结构，把写景、叙事、抒情有机地结合起来。全词三叠，层层渲染，曲折回环，章法严谨又浑然无间。故周济在《介存斋论词杂著》中说："美成思力，独绝千古。"

此外，《六丑・蔷薇谢后作》也是讲究章法的代表词作。

正单衣试酒，怅客里、光阴虚掷。愿春暂留，春归如过翼。一去无迹。为问花何在？夜来风雨，葬楚宫倾国。钗钿堕处遗香泽。乱点桃蹊，轻翻柳陌。多情为谁追惜？但蜂媒蝶使，时叩窗槅。

东园岑寂。渐蒙笼暗碧。静绕珍丛底，成叹息。长条故惹行客。似牵衣待话，别情无极。残英小、强簪巾帻。终不似、一朵钗头颤袅，向人欹侧。漂流处、莫趁潮汐。恐断红、尚有相思字，何由见得？

这首词也是通过层层渲染的手法写成，词人用拟人的手法，化用典故等来表达伤春之情、羁旅之悲。这种曲折达意的写作手法多为南宋咏物词人所效法。

语言精练

周邦彦非常重视语言的锤炼，在语言技巧上有很高的造诣，能够做到工巧精丽，典雅自然。周邦彦对语言的锤炼主要表现在善于化用典故和善于融前人诗句入词，且能做到浑然天成，不留痕迹。如《六丑·蔷薇谢后作》中的“恐断红、尚有相思字，何由见得”和《扫花游·晓阴翳日》中的“信流去，想一叶怨题，今在何处”都是对唐代宫女红叶题诗典故的化用。

张炎在《词源》中说：“善于融化诗句……采唐诗，融化如自己者，乃其所长。”如《西河·金陵怀古》：

佳丽地。南朝盛事谁记？山围故国绕清江，髻鬟对起。怒涛寂寞打孤城，风樯遥度天际。

断崖树，犹倒倚。莫愁艇子曾系。空余旧迹郁苍苍，雾沉半垒。夜深月过女墙来，伤心东望淮水。

酒旗戏鼓甚处市？想依稀、王谢邻里。燕子不知何世。向寻常、巷陌人家相对。如说兴亡斜阳里。

词中起句“佳丽地”用南朝谢朓《入朝曲》“江南佳丽地，金陵帝王州”之句。“山围故国绕清江”化用刘禹锡的《石头城》中的“山围故国周遭在”之句，“怒涛寂寞打孤城”用《石头城》中“潮打空城寂寞回”之句。“莫愁艇子曾系”用乐府《莫愁乐》“莫愁在何处？莫愁石城西。艇子打两桨，催送莫愁来”诗句。“夜深月过女墙来，伤心东望淮水”用《石头城》“淮水东边旧时月，夜深还过女墙来”之句。“想依稀、王谢邻里。燕子不知何世。向寻常、巷陌人家相对。如说兴亡斜阳里”则用刘禹锡《乌衣巷》“旧时王谢堂前燕，飞入寻常百姓家”之句。

该词最主要的特点便是引用前人的诗句，周邦彦的高超之处在于能将前人的诗句融入自己词的意境之中，且不显突兀。

此外，《满庭芳·风老莺雏》也是“善于融化诗句”的典范。

风老莺雏，雨肥梅子，午阴嘉树清圆。地卑山近，衣润费炉烟。人静乌鸢自乐，小桥外、新绿溅溅。凭栏久，黄芦苦竹，拟泛九江船。

年年。如社燕，飘流瀚海，来寄修椽。且莫思身外，长近尊前。憔悴江南倦客，不堪听、急管繁弦。歌筵畔，先安簟枕，容我醉时眠。

周邦彦在词中上来就化用杜牧《赴京初入汴口晓景即事先寄兵部李郎中》“风蒲莺雏老”诗句，接着“雨肥梅子”又用杜甫《陪郑广文游何将军山林》“红绽雨肥梅”之句。“黄芦苦竹，拟泛九江船”化用白居易《琵琶行》“住近湓江地低湿，黄芦苦竹绕宅生”之句，不但化用诗句，还化用诗的意境和诗人的情感。“且莫思身外，长近尊前”化用杜甫《绝句漫兴九首》中的“莫思身外无穷事，且尽生前有限杯”之句。

周邦彦化用前人诗句形象地表现出自己的失落、烦闷，情感含蓄又能曲尽其妙。陈廷焯在《白雨斋词话》中对该词作评价：“此中有多少说不出处，或是依人之苦，或有患失之心，但说得虽哀怨，却不激烈，沉郁顿挫中别饶蕴藉。后人为词，好作尽头语，令人一览无余，有何趣味！”

周邦彦对语言的锤炼还表现在善于选择形象化的词语细腻地描写事物。如《苏幕遮·燎沉香》上阕对荷的描写：

燎沉香，消溽暑。鸟雀呼晴，侵晓窥檐语。叶上初阳干宿雨。水面清圆，一一风荷举。

尤其是后三句“叶上初阳干宿雨。水面清圆，一一风荷举”成为描写荷的经典之句，历来备受推崇。词人描写了雨后初晴的早晨，荷叶在风中挺立的绰约风姿，虽然只有短短十几个字，但描写得十分形象，使人读后眼前浮现“一一风荷举”的画面。

如《少年游·朝云漠漠散轻丝》中对雨的描写：

朝云漠漠散轻丝。楼阁淡春姿。柳泣花啼，九街泥重，门外燕飞迟。

而今丽日明金屋，春色在桃枝。不似当时，小桥冲雨，幽恨两人知。

周邦彦在词中用“散轻丝”三个字写出了小雨的轻柔细小，“柳泣花啼，九街泥重，门外燕飞迟”则生动形象地勾画出雨后的景象，以柳和花的哭泣说明雨后花、叶上的雨水好似含泪的美人，“燕飞迟”说明雨水沾湿了翅膀，变得沉重，飞行时吃力。如此细腻的语言说明词人平时对事物观察非常细致，才能在语言上精雕细琢，所用词语形象贴切。

题材局限

周邦彦之词在宋代影响较大，开创了不少新词调，被誉为“词家之冠”或“词中老杜”，是“负一代词名”的大词人。但他的词在题材上有很大的局限性，并未摆脱北宋婉约词人的樊篱，多写闺情、羁旅，表达恋情、离愁、哀怨等传统题材，也有部分咏物之作。正如王国维在《人间词话》中对周邦彦之词缺陷的评价："创调之才多，而创意之才少。"在周邦彦现存的近二百首词作中，除个别篇章，几乎都是抒发"悲欢离合、羁旅行役之感"的作品。刘斯奋译著的《周邦彦词今译》中说："周邦彦的词从题材来说，基本上没有超出晚唐、五代以来的范围。"

周邦彦的词之所以题材受限，与个人生活有关，也与当时宋代整个词坛的发展有关。前文在周邦彦的生平中介绍过他出生、成长在纸醉金迷的繁华都市钱塘，这对词人的思想和性格必然会产生深远的影响。周邦彦还是当时的"美男词人"，长相帅气，风流倜傥，且放荡不羁，经常出入秦楼楚馆，多与歌伎来往。在周密的《浩然斋雅谈》中还记载了他与京师名妓李师师来往密切，虽有牵强附会之处，但也说明周邦彦身边不乏歌伎。因此，周邦彦多写"艳词"而缺乏苏轼那种豪迈的气魄与其个人生活有着密切的关系。

周邦彦所处的时代是北宋相对繁荣稳定的时期，这时的宋朝天下太平，经济繁荣。孟元老在《东京梦华录》的序中对当时的社会有详细的记载：

> 太平日久，人物繁阜。垂髫之童，但习鼓舞；班白之老，不识干戈。时节相次，各有观赏。灯宵月夕，雪际花时，乞巧登高，教池游苑。举目则青楼画阁，绣户珠帘。雕车竞驻于天街，宝马争驰于御路。金翠耀目，罗绮飘香。新声巧笑于柳陌花衢，按管调弦于茶坊酒肆。八荒争凑，万国咸通。集四海之珍奇，皆归市易；会寰区之异味，悉在庖厨。花光满路，何限春游；箫鼓喧空，几家夜宴。

生活在这样的社会环境中，周邦彦自然没有苏轼“大江东去”的豪迈，也无法体会苏轼“老夫聊发少年狂”的壮志和“西北望，射天狼”的气概。因此，周邦彦只有柳永式的伤春悲秋、风花雪月，抒发的是个人的哀愁与伤感。

周邦彦因词而负盛名，并不是说他一生只写词，他也兼善诗、文、书法。王国维在《清真先生遗事》中说：“先生于诗人无所不工，然尚未尽脱古人蹊径。平生著述，自以乐府为第一，词人甲乙，宋人早有定论。”周邦彦既然以词名于世，本书便以其词作来分析其创作特点，至于诗文便不再赘述。

周邦彦作为北宋著名词人，同时作为一个多愁善感较为纯粹的文人，一生虽身在仕途，却并未深入参与政治。他在创作上能够博采众家之长，集婉约之大成，开格律之先河，对后世有重要影响。

周邦彦诗

春雨

耕人[1]扶耒[2]语林丘，花外时时落一鸥。

欲验[3]春来多少雨？野塘漫[4]水可回舟[5]。

◇注释

[1] 耕人：指农民。

[2] 耒：一种耕田农具。

[3] 验：验证、检验。

[4] 漫：水漫貌。

[5] 回舟：行船。

◇译文

春雨后，农民下地劳作，手扶耒耜，笑逐颜开，在田地间高声谈论着，期盼着，花开娇媚，不时有水鸟飞来。想要知道入春以来下了多少好雨，到郊外看看吧，池塘里已经水满四溢，可以行船荡舟了。

凤凰台[1]

危台飘尽碧梧花，胜地凄凉属梵家。

凤入紫云[2]招不得，木鱼堂殿下饥鸦。

◇注释

[1] 凤凰台：在金陵凤凰山上，作者游凤凰台时，其已成为保宁寺的一部分。

[2] 紫云：指祥瑞之兆。

◇译文

凤凰台昔日的繁华已去，梧桐花落尽，胜地凄凉，已成梵家清净地。凤凰已去不再来，只有殿檐下饥饿的乌鸦还在聒噪。

谩成二首（选一）

河声[1]连底卷黄沙，回首方惊去国[2]赊[3]。
唯有客情[4]无尽处，暗随春水涨桃花。

◇注释

[1] 河声：黄河水汹涌澎湃。

[2] 去国：离开故乡。

[3] 赊：遥远。

[4] 客情：做客他乡的愁情。

◇译文

黄河之水卷起河底的黄沙咆哮向前，乘舟顺流而下，回首望去，才惊觉离开故乡已那么遥远。独在异乡，只有无尽的愁情，暗随着春天的桃花逐流水而去。

偶成

窗风猎猎[1]举[2]绡衣，睡美唯应枕簟知。

忽有黄鹂深树语[3]，宛如春尽绿阴时。

◇注释

[1] 猎猎：风声。

[2] 举：吹拂。

[3] 忽有黄鹂深树语：化用韦应物《滁州西涧》："独怜幽草涧边生，上有黄鹂深树鸣。"

◇译文

窗外有风吹过，吹拂着衣襟，一夜沉睡只有枕席知道。起床后忽然听到外面树林深处传来黄鹂婉转的鸣叫声，恍惚间竟错将夏天当作春天。

宿灵仙观

灵宫眈眈虎守谷，羽褐[1]出山邀客宿。
稽首中茅[2]司命君，四叶秉符调玉烛[3]。
鸣金击石天相闻，游飙[4]倒影翻翻声。
戏上云崖撼琼树，脱叶出溪惊世人。

◇注释

[1] 羽褐：羽衣，道士服，诗中指道士。

[2] 中茅：中茅峰。茅山三峰之一。

[3] 四叶秉符调玉烛：指道士秉持道符调和四时之气。玉烛，四时之气和畅，用来形容太平盛世。

[4] 游飙：传说中神车御风而行。

◇译文

灵仙观雄踞在巍峨险峻的山谷中，观中道士亲自邀请我前往。在中茅峰向天上神仙叩首，道士秉持着道符以调和四时之气。道士们鸣金击石做功课的声音响彻云霄，神车御风而行，车响辚辚。真想去摇撼云峰上的玉树琼枝，凋落的树叶随着溪水流出山外，世间凡人见到该会怎样惊奇。

晚憩杜桥馆

寒茅愔愔[1]鸡啄场，儿啼索衣天陨霜。
密林渐放山色入，枫枯振槁声琅琅。
清浆[2]白羽[3]弃已久，黄菊紫萸[4]看欲香。
岁行及此去愈疾，若决积水难隄防。
嗟予齿发非故物，念此内热[5]如渲汤[6]。
愿见唐朝吕墨客，膝行问道求神方。
斋心千日[7]百事毕，消我领雪[8]还韶光。
岂饶蒿目[9]忧世事，黄金[10]绾腰埋土囊。

◇注释

[1] 愔愔：寂静无声。

[2] 清浆：清淡的酒。

[3] 白羽：白羽扇。

[4] 紫萸：茱萸。重阳节佩戴以驱邪。

[5] 内热：内心焦虑。

[6] 涫汤：沸腾的水。

[7] 千日：指千日酒。传说狄希能造千日酒，人饮此酒能醉千日。

[8] 领雪：指头上白发。

[9] 蒿目：举目远望。

[10] 黄金：指才能。

◇译文

简陋的茅舍前寂静无声，鸡群在场地上啄食，天降寒霜，天气转凉，小孩子哭着要添加衣物。树叶渐落，茂密的树林逐渐稀疏，已可看到山岭的秀色，秋风摇动枫树枯槁的叶子发出清脆的响声。我已经很长时间没有饮酒了，白羽扇也被搁置许久，又到了重阳节，菊花、茱萸的香气引起我对亲人的思念。岁月匆匆，曾经到过杜桥驿这个地方，时光流逝如同积水决堤般难防。可叹我已年老齿脱、鬓发稀疏，思及此事，使我内心焦虑不能自已。希望见到唐朝的吕洞宾，双膝跪地而行，以求养生之道、长生不老之方。我欲畅饮千日酒，一醉方休，以祛除心中杂念，消除头上白发，还我青春时光。岂能眼睁睁地忧虑世事，却毫无办法，不能这样埋没才能、毫无作为地白白死去。

周邦彦词

拜星月·秋思

夜色催更，清尘收露，小曲幽坊月暗。竹槛灯窗，识秋娘[1]庭院。笑相遇，似觉琼枝玉树，暖日明霞光烂。水眄[2]兰情，总平生稀见。

画图中、旧识春风面[3]。谁知道、自到瑶台畔。眷恋雨润云温[4]，苦惊风吹散。念荒寒、寄宿无人馆。重门闭、败壁秋虫叹。怎奈向、一缕相思，隔溪山不断。

◇注释

[1] 秋娘：唐代名妓。

[2] 眄：眼波。

[3] 画图中、旧识春风面：化用杜甫《咏怀古迹》："画图省识春风面。"

[4] 雨润云温：比喻男女间的幽合。

◇译文

夜色深沉，更鼓催促着天亮，露水沾住了道路上的灰尘，月色朦胧，小坊隐没在幽静中。朱栏小院，灯窗犹亮，我来到她的小院。相识的时候，她开心地笑着，亭亭玉立，容光焕发，秋波如水，明艳动人，宛若幽兰，这样的佳人，平生很少遇见。

从前，只在图画上见过那美丽的容颜。没想到，自己竟能与她相伴。我们情意绵绵，无限眷恋，无奈人世无常，生生将我们拆散。如今，我一人寄宿在荒郊野外、孤寂无人的客舍里，她重门紧闭，在秋虫忧伤的歌声中叹息。无可奈何，虽然隔着千山万水，也无法隔断我强烈的思念。

长相思·闺怨

马如飞。归未归？谁在河桥见别离。修杨委地[1]垂。

掩面啼。人怎知？桃李成阴莺哺儿。闲行春尽时。

◇注释

[1] 委地：挨着地。

◇译文

快马如飞，你到底回不回来？谁在河桥看着我们分离？垂柳的枝条又长得挨着地面了。

我掩面哭泣，别人怎能理解我的心情？道旁的桃李已成荫，树上的黄莺也在忙着哺育幼鸟。暮春时节，我还在独自闲行。

长相思·舟中作

好风浮。晚雨收。林叶阴阴映鹢舟[1]。斜阳明倚楼。

黯凝眸。忆旧游。艇子扁舟来莫愁。石城风浪秋。

◇注释

[1] 鹢舟：绘有鹢鸟图案的船。

◇译文

微风轻拂，晚雨初停，天色渐暗，树荫笼罩着绘有彩色图案的游船，斜阳照在楼船上。

我神情黯然，凝视远方，回忆着那次出游。船儿载着她在秋天石城的风浪中穿行。

渡江云·晴岚低楚甸

晴岚低楚甸[1]，暖回雁翼，阵势起平沙。骤惊春在眼，借问何时，委曲[2]到山家？涂香晕色，盛粉饰、争作妍华。千万丝、陌头杨柳，渐渐可藏鸦。

堪嗟。清江东注，画舸西流，指长安日下。愁宴阑、风翻旗尾，潮溅乌纱。今宵正对初弦月，傍水驿、深舣[3]蒹葭。沉恨处，时时自剔灯花。

◇注释

[1] 甸：古代郭外为郊，郊外为甸。

[2] 委曲：曲折。

[3] 舣：停泊。

◇译文

晴日的雾气漂浮在南方的旷野上，沙滩上的鸿雁感受到温暖的气息，已结对准备飞回北方。恍然一惊，原来春天已经来到眼前，借问春天是什么时候来到这深山的？鲜花装点山的色彩，花香弥漫着春天的气息。路旁的杨柳，垂下千丝万缕的枝条，枝叶渐茂，已可藏鸦。

可叹啊！清江东流，航船西去，长安应在落日处吧。令人惆怅的是酒宴已尽，江风吹动船上的旗子，潮水打湿头上的纱帽。今夜天空一弯上弦月，航船停泊在港湾水驿，芦苇深处。愁恨无法排解，只有不断地把灯花剔下。

丹凤吟·迤逦春光无赖

迤逦春光无赖[1]，翠藻翻池，黄蜂游阁。朝来风暴，飞絮乱投帘幕。生[2]憎暮景，倚墙临岸，杏靥夭斜[3]，榆钱轻薄。昼永惟思傍枕，睡起无聊，残照犹在庭角。

况是别离气味，坐来但觉心绪恶。痛饮浇愁酒，奈愁浓如酒，无计消铄。那堪昏暝，簌簌半檐花落。弄粉调朱[4]柔素手，问何时重握。此时此意，长怕人道着。

◇注释

[1] 无赖：无聊。

[2] 生：最、偏。唐宋时期的口语。

[3] 夭斜：歪斜，婀娜多姿。

[4] 弄粉调朱：用胭脂、香粉一类的化妆品进行梳妆。

◇译文

春色连绵，百无聊赖，池塘里绿藻浮动，楼阁间黄蜂嗡嗡。清晨，刮来一阵狂风，柳絮随风乱舞，落到了帘幕上。最讨厌傍晚的景色，河岸上，墙头边，杏花弄姿作态，榆钱轻浮放荡。白天那么漫长，只想倚枕睡觉来打发时光，醒来仍是无聊，残阳还照在庭角。

何况离愁别绪令我内心凄楚，无聊闲坐让我的心绪更加沉郁。想要举杯痛饮，以浇灭心中的愁苦，无奈愁如酒浓，无法消解。难以忍受的是天黑以后，独自坐在窗前，听檐下落花簌簌。何时才能重握她那双调脂弄粉的洁白柔软的小手。此时此刻的心情，可别被人知道。

点绛唇·台上披襟

台[1]上披襟[2]，快风一瞬收残雨。柳丝轻举。蛛网黏飞絮[3]。

极目[4]平芜，应是春归处[5]。愁凝伫[6]。楚歌声苦。村落黄昏鼓[7]。

◇注释

[1] 台：指兰台，战国楚台名。

[2] 披襟：敞开衣襟。

[3] 柳丝轻举。蛛网黏飞絮：这两句化用杜甫《白丝行》：“落絮游丝亦有情，随风照日宜轻举。”

[4] 极目：纵目，远眺。

[5] 春归处：指南方。黄庭坚《清平乐》：“春归何处，寂寞无行路。”

[6] 凝伫：出神的样子。

[7] 村落黄昏鼓：宋时南方农村有黄昏击鼓演出的风俗。

◇译文

站在楼台上，敞开衣襟，一阵疾风吹过，很快雨就停了。柳枝在空中轻舞，柳絮飘飘，有些黏在了蛛网上。

放眼望去，远处平旷的原野应该是春天的故乡吧？凝神伫立，远处传来声声愁苦的楚歌和阵阵黄昏的更鼓。

点绛唇·征骑初停

征骑初停[1]，酒行[2]莫放离歌举[3]。柳汀烟浦[4]。看尽江南路。

苦恨斜阳，冉冉[5]催人去。空回顾。淡烟横素。不见扬鞭处[6]。

◇注释

[1] 征骑初停：暂时解鞍下马。

[2] 酒行：行酒。

[3] 举：起，指演唱。

[4] 柳汀烟浦：指江南地区的河岸塘浦。因江南地区河岸边多种柳，塘浦百年多种荷。

[5] 冉冉：渐渐。

[6] 扬鞭处：李贺《代崔家送客》："恐送行处尽，何忍重扬鞭！"

◇译文

出征的战马刚刚停下，大家举杯畅饮，不要唱那伤心的离别之歌。沙洲边杨柳依依，浦岸边烟雾蒙蒙，一路看尽江南的景色。

让人恼恨的夕阳又在催我上路。我回头望去，只见淡淡的烟雾如同一匹横亘眼前的白色素绢，已看不见刚才的路。

氐州第一·波落寒汀

波落寒汀，村渡向晚，遥看数点帆小。乱叶翻鸦，惊风破雁，天角孤云缥缈。官柳萧疏，甚尚挂、微微残照。景物关情，川途[1]换目，顿来催老。

渐解狂朋欢意少。奈犹被、思牵情绕。座上琴心[2]，机中锦字[3]，觉最萦怀抱。也知人、悬望[4]久，蔷薇谢、归来一笑。欲梦高唐[5]，未成眠、霜空又晓。

◇注释

[1] 川途：水路。

[2] 琴心：琴声表达的情思。《史记·司马相如传》："是时，卓王孙有女文君新寡，好音，故相如缪与令相重，而以琴心挑之。"

[3] 锦字：指妻子寄给丈夫表达思念的书信。《晋书·列女传》记载：窦滔之妻苏蕙，善属文。窦滔因罪被徙流沙，苏蕙织锦为回文旋图诗以赠滔。骆宾王《艳情代郭氏答卢照邻》："锦字回文欲赠君，剑壁层峰自纠纷。"

[4] 悬望：盼望。

[5] 高唐：宋玉《高唐赋》记载：楚王曾在高唐游玩，倦怠昼寝，梦中见一妇

人自称巫山神女，愿与之共枕席。

◇译文

清冷的小洲，江水已退落，山村的渡口笼罩在暮色中，远眺，几点帆影在水面移动。落叶纷飞，伴着暮鸦翻飞，疾风吹散了雁阵的队形，天边一片残云缥缈。柳枝稀疏，落日余晖斜照。眼前景色影响着我的心情，水面上映入眼帘的景色不断变换，顿时觉得自己被时光催老。

慢慢理解了同行的这位狂放不羁的朋友，为何变得郁郁寡欢，无奈情思牵绕着他啊。琴声传达的情意，锦书寄托的思念，才最让人魂牵梦绕，牵肠挂肚。我知道，家中亲人也早就盼望、挂念着我，等蔷薇花谢的时候，我能归去与她相聚。多想在梦中能与她相会，可是辗转反侧，难以入眠，不知不觉，天又要亮了。

大酺·春雨

对宿烟收，春禽静，飞雨时鸣高屋。墙头青玉旆[1]，洗铅霜[2]都尽，嫩梢相触。润逼琴丝，寒侵枕障，虫网吹黏帘竹。邮亭无人处，听檐声不断，困眠初熟。奈愁极顿惊，梦轻难记，自怜幽独。

行人归意速。最先念、流潦[3]妨车毂。怎奈向[4]、兰成[5]憔悴，卫玠[6]清羸，等闲时、易伤心目。未怪平阳客[7]，双泪落、笛中哀曲。况萧索、青芜国[8]。红糁铺地，门外荆桃[9]如菽。夜游共谁秉烛？

◇注释

[1] 青玉旆：指竹子。旆，古代旗末燕尾状的垂旒。

[2] 铅霜：指竹子外皮上的箨粉。

[3] 流潦：道路积水。

[4] 向：语气助词，无意义。

[5] 兰成：庾信，字兰成。初仕梁，后滞留北周，常有乡关之思，有《哀江南赋》，也作《愁赋》。

[6] 卫玠：晋卫玠美貌，善清谈，有羸疾。

[7] 平阳客：东汉马融性好音乐，客居平阳，闻人吹笛而悲，作《笛赋》。

[8] 青芜国：指杂草丛生之地。温庭筠《春江花月夜词》："花庭忽作青芜国。"

[9] 荆桃：指樱桃。

◇译文

昨夜的雾气已慢慢散去，春天的鸟儿静悄悄，只有飞落的雨滴敲打着屋顶。墙角处的翠竹伸出墙头，春雨洗净了竹身上的箨粉，枝梢相互碰触。湿气使琴弦变潮，寒气侵入枕席，虫网被吹黏在竹帘上。在客舍无人的角落，听屋檐下雨水不断滴落的滴答声，不觉困倦，睡意蒙眬。无奈心中愁闷，忽又惊醒，梦境恍惚，无从追忆，可怜我如此孤独寂寞。

身在异乡，归心似箭，首先想到的是道路上的积水会妨碍行车赶路。无奈啊，我就像庾信那样思乡憔悴，又像卫玠那样清瘦羸弱，就是平时，也容易伤心忧虑。难怪马融客居平阳时，听到洛阳旅客吹奏笛曲会伤心落泪。何况周围萧条冷落，地上落红无数，门外樱桃已长出豆粒大小的果实。即使想秉烛夜游，又有谁能与我作伴？

蝶恋花·柳

蠢蠢[1]黄金初脱后。暖日飞绵，取次[2]黏窗牖。不见长条低拂酒。赠行应已输先手[3]。

莺掷金梭飞不透。小榭危楼，处处添奇秀。何日隋堤萦马首？路长人远空思旧。

◇注释

[1] 蠢蠢：稚嫩的样子。

[2] 取次：随意。

[3] 输先手：指来晚了，柳枝已被别人折去。

◇译文

初生的柳枝，刚刚褪去金黄色的外衣，在暖意融融的春日，柳絮随意飘飞，黏附在窗户上。在赠别的酒宴上，看不见长长的柳条低拂着手中的酒杯，原来是已被送行的人折走。

柳枝茂密，黄莺像金色的梭子般飞进去，仍难以穿透。小巧的亭榭，高耸的楼台，到处种植着柳树，增添了风采。什么时候朋友们才能把柳枝缠绕马头，在隋堤上为我送行呢？漫漫长路，亲人遥远，我只能徒劳地怀念着往日的一切。

蝶恋花·秋思

月皎惊乌栖不定。更漏将残，辘轳[1]牵金井[2]。唤起两眸清炯炯。泪花落枕红绵冷。

执手霜风吹鬓影。去意徊徨[3]，别语愁难听。楼上阑干[4]横斗柄。露寒人远鸡相应。

◇注释

[1] 辘轳：井上的一种汲水工具。

[2] 金井：井的美称。

[3] 徊徨：彷徨无主。

[4] 阑干：横斜。

◇译文

月光皎洁，惊扰着树上乌鸦无法安稳入睡。夜色将尽，井台上辘轳声响起，已有早起的人们在汲水。屋外的声音使她清醒，她双目明亮，泪花闪烁，原来她彻夜未眠，泪湿红枕，一片冰冷。

分别时，她紧握我的双手，冷风吹拂着她的鬓发，我心中彷徨无主，不忍听她说那伤心的话语。楼上的北斗星已横斜，路上露水清寒，人已远去，只有晨鸡的啼鸣此起彼应。

蝶恋花·鱼尾霞生明远树

鱼尾[1]霞生明远树。翠壁黏天，玉叶[2]迎风举。一笑相逢蓬海路。人间风月如尘土。

剪水双眸云鬟吐。醉倒天瓢[3]，笑语生青雾。此会未阑须记取。桃花几度吹红雨[4]。

◇注释

[1] 鱼尾：指霞。

[2] 玉叶：指玉叶冠。

[3] 天瓢：北斗七星。

[4] 红雨：落花。

◇译文

西边的晚霞照亮了远处的树林。苍翠的山崖参天壁立，她戴着玉叶冠，正在迎风飞升。在去往蓬莱仙境的路上，我们相逢，会心一笑，人间情爱如尘土何足道！

双眸灵动如秋水，鬓发乌黑如云，我们谈笑风生，不觉醉倒在北斗星旁，青色雾霭就要降临。要记住我们的相会还没有结束，我们已经分别了那么久，桃花都开了几回了。

蝶恋花·叶底寻花春欲暮

叶底寻花春欲暮[1]。折遍柔枝，满手真珠露[2]。不见旧人空旧处。对花惹起愁无数。

却倚阑干吹柳絮[3]。粉蝶多情，飞上钗头住。若遣郎身如蝶羽。芳时争肯[4]抛人去[5]！

◇注释

[1] 叶底寻花春欲暮：王驾《雨晴》："雨前初见花间蕊，雨后全无叶底花。"

[2] 折遍柔枝，满手真珠露：魏夫人《卷珠帘》："记得来时春未暮，执手攀花，袖染花梢露。"

[3] 却倚阑干吹柳絮：李商隐《访人不遇留别馆》："闲倚绣帘吹柳絮，日高深院断无人。"

[4] 争肯：怎肯。

[5] 抛人去：晏殊《玉楼春》："绿杨芳草长亭路，年少抛人容易去。"

◇译文

春将暮，她在茂盛的绿叶丛中，柔软的花枝上，寻找未落的花朵，两手沾满了珍珠般晶莹的露水。还是去年折花处，只是不见当日折花人。看着花丛引起无数的忧愁。

百无聊赖地倚靠着栏杆，风吹着飘过的柳絮。一只多情的蝴蝶飞来，落在她的钗头上。如果郎君像这多情的蝴蝶，又怎肯在这大好春光中离我而去！

蝶恋花·酒熟微红生眼尾

酒熟[1]微红生眼尾。半额[2]龙香[3]，冉冉飘衣袂。云压宝钗撩不起。黄金心字[4]双垂耳。

愁入眉痕添秀美。无限柔情，分付西流水。忽被惊风吹别泪。只应天也知人意。

◇注释

[1] 酒熟：酒酣。

[2] 半额：比喻长眉。

[3] 龙香：龙涎香。

[4] 黄金心字：心字形黄金耳饰。

◇译文

她喝了一些酒，眼梢出现淡淡的红晕。她画了长眉，薰了名贵的龙涎香，衣袂飘飘地走了出来。她浓密的发髻压歪了头上的宝钗，双耳带着心字形的黄金耳坠。

眉间凝愁，增加了她的秀美。她将无限柔情，托付给西去的流水带给远方的人。一阵疾风，吹走了她思念的泪水，也许是老天也懂得她的心意。

蝶恋花·咏柳

爱日轻明新雪后，柳眼星星[1]，渐欲穿窗牖。不待长亭倾别酒，一枝已入离人手。

浅浅柔黄轻蜡透，过尽冰霜，便与春争秀。强对青铜[2]簪白首，老来风味难依旧。

◇注释

[1] 星星：说明小而多。

[2] 青铜：指镜子。

◇译文

雪后初晴，柔和的阳光明亮而不强烈，柳枝抽芽，星星点点，枝条渐长，似乎要破窗而入。长亭送别的人，还未斟满酒杯，送别的话语还未说出口，已折下一枝送到行人的手中。

浅黄色的柳枝柔软轻透，好像涂了一层薄蜡，过了寒冷的冬季，便开始与春天比美。打起精神对着镜子，把簪子插进花白的发髻中，人老后，少年的情怀难再有。

倒犯·咏月

霁景、对霜蟾乍升，素烟如扫。千林夜缟。徘徊处、渐移深窈。何人正弄、孤影蹁跹，西窗悄。冒露冷貂裘，玉斝[1]邀云表。共寒光、饮清醥[2]。

淮左[3]旧游，记送行人，归来山路窎[4]。驻马望素魄，印遥碧，金枢小。爱、秀色初娟好，念漂浮、绵绵思远道。料异日宵征[5]，必定还相照。奈何人自老。

◇注释

[1] 玉斝（jiǎ）：玉制的酒器。

[2] 清醥：清酒。

[3] 淮左：淮南，淮水以南地区。词中指作者在元祐年间离开京师后到的庐州（今安徽省合肥市）。

[4] 窎（diào）：远。

[5] 宵征：夜行。

◇译文

雨后景色如画，寒月初升，皎洁的月光驱散了薄雾。月光照耀下的树林如同披上一层洁白的生绡。月移影动，渐渐移向幽暗深远的角落。静悄悄的西窗下，是谁正在独自翩跹起舞，舞弄着自己的身影呢？冒着霜露的寒冷，披上貂皮衣袍，举起玉制的酒杯邀云天之外的明月，在寒光下，共饮一杯清酒。

回忆起在庐州和友人游玩的情景，送别友人后，归来时经过幽深的山间小路。我停下马来遥望深碧的天空，一弯新月镶嵌在天际，发出淡淡的光亮。我喜爱那秀美的初月，它让我想起那次送别的朋友。料想以后我出行时，天上的明月必定还会照耀着我，无可奈何的是岁月不饶人，我会不断老去。

丁香结·苍藓沿阶

苍藓沿阶，冷萤[1]粘屋，庭树望秋先陨。渐雨凄风迅。淡暮色、倍觉园林清润。汉姬[2]纨扇在，重吟玩、弃掷未忍。登山临水，此恨自古、销磨不尽[3]。

牵引。记试酒归时，映月同看雁阵。宝幄香缨，熏炉象尺[4]，夜寒灯晕。谁念留滞故国，旧事劳方寸。唯丹青相伴，那更尘昏蠹损。

◇注释

[1] 冷萤：指秋冷后的萤火虫。

[2] 汉姬：指班婕妤。汉代才女，失宠后曾作《怨歌行》："新裂齐纨素，皎洁如霜雪。裁为合欢扇，团团似明月。"

[3] 登山临水，此恨自古、销磨不尽：化用宋玉《九辩》："悲哉秋之为气也！萧瑟兮草木摇落而变衰。憭栗兮若在远行；登山临水兮送将归。"

[4] 象尺：象牙尺。

◇译文

台阶上长满了深绿的苔藓，秋凉后的萤火虫粘留在屋中角落，院子里的树木已开始凋落。入秋后，秋风疾，秋雨凄。傍晚时分，更觉园林里冷清潮湿。虽然已是秋天，但我还没有搁置纨扇，而是重新拿在手中，一边吟诗，一边把玩。登山临水，感怀悲秋，自古皆然。

想起我们曾一起品尝新酒，月下同看天空中飞过的雁阵，引起我无限的愁思。寒夜里，华美的帷帐、精美的香囊、熏香炉、象牙尺，在灯影下都变得模糊不清。谁会劳神费心地想念我滞留在京都时的旧事。只有亲人的画像陪伴着我，可是由于时间太久了，已被虫蛀，也蒙上了灰尘。

风流子·新绿小池塘

新绿小池塘。风帘动、碎影舞斜阳。羡金屋[1]去来，旧时巢燕，土花缭绕，前度莓墙。绣阁凤帏深几许？曾听得理丝簧。欲说又休，虑乖芳信；未歌先咽，愁近清觞。

遥知新妆了，开朱户、应自待月西厢[2]。最苦梦魂，今宵不到伊行。问甚时说与，佳音密耗[3]，寄将秦镜[4]，偷换韩香[5]？天便教人，霎时厮见何妨！

◇注释

[1] 金屋：汉武帝幼时曾说："若得阿娇作妇，当作金屋贮之也。"

[2] 待月西厢：《莺莺传》中莺莺赠诗张生："待月西厢下，迎风户半开。"

[3] 密耗：密约。

[4] 寄将秦镜：汉代秦嘉妻徐淑赠其明镜，秦嘉赋诗答谢。

[5] 偷换韩香：韩寿，西晋人，貌美，贾充女儿贾午看中了他，两人翻墙私通，贾午将皇帝赐给父亲的西域奇香偷来送给韩寿。后来，贾充会见诸吏闻到韩寿身上的奇香，知道韩寿与女儿之事，便将女儿嫁给了他。

◇译文

池塘中碧绿的春水荡漾，轻风吹动门帘，碎影在斜阳中舞动。羡慕那金屋中来去自由的燕子，在去年筑巢的梁上再筑新巢。墙上斑驳的苔藓再度生长。锦绣闺房，绣花帷帐有多深？我曾听到她在里面弹奏丝竹。那曲子欲说还休，似乎想对我说些什么，又担心误了佳期，还未开口已哽咽，清酒也难以入愁肠。

猜想她已卸了新妆，推开窗户，等待明月升起。苦闷的是今晚梦中也到不了她的身边。什么时候才能告诉我好消息？让我们互诉衷肠，互赠信物。老天啊，让我们见上一面又何妨！

风流子·枫林凋晚叶

枫林凋晚叶，关河迥，楚客惨将归。望一川暝霭，雁声哀怨，半规[1]凉月，人影参差。酒醒后，泪花销凤蜡[2]，风幕卷金泥[3]。砧杵韵高，唤回残梦，绮罗香减，牵起余悲。

亭皋分襟[4]地，难拚处、偏是掩面牵衣。何况怨怀长结，重见无期。想寄恨书中，银钩[5]空满，断肠声里，玉箸[6]还垂。多少暗愁密意，唯有天知！

◇注释

[1] 半规：半圆形。

[2] 凤蜡：指蜡烛。《南齐书·王僧虔传》："僧虔年数岁，独正坐采蜡烛珠为凤凰。"

[3] 金泥：涂饰物品的金粉。

[4] 分襟：分别。

[5] 银钩：字迹，指书法笔势。晋索靖《草书状》："盖草书之为状也，婉若银钩，漂若惊鸾，舒翼未发，若举复安。"

[6] 玉箸：比喻美人的眼泪。

◇译文

深秋的傍晚，枫叶在林间凋零飘落，路途遥远，心情凄惨，我将要离开这客居之地。远望江面雾气弥漫，大雁叫声哀怨，清冷的天空中挂着半轮明月，月光下有人在徘徊。酒醒后，半截残烛，一摊蜡泪，烫金的帘幕在夜风中摇晃。夜深人静，户外响亮的捣衣声将我从残梦中唤醒，醒来发现她的衣香已消散，不禁又引起我的悲伤。

亭皋之地是我们最后分别的地方，让人难舍难分的是她牵着我的衣服掩面而泣。更何况，这一别后，只能永怀一腔愁绪，再也没有机会相见。可以想见，我们只能把满腔的思念徒然写满信笺，伤心的泪水在令人断肠的曲子中默默流淌。究竟有多少暗藏的愁思和深切的情意，只有老天才知道！

法曲献仙音·蝉咽凉柯

蝉咽凉柯[1]，燕飞尘幕，漏阁签声时度。倦脱纶巾，困便湘竹，桐阴半侵庭户。向抱影凝情处，时闻打窗雨。

耿无语。叹文园[2]、近来多病，情绪懒，尊酒易成间阻。缥缈玉京人，想依然，京兆眉妩[3]。翠幕深中，对徽容[4]、空在纨素。待花前月下，见了不教归去。

◇注释

[1] 柯：树枝。

[2] 文园：指司马相如。

[3] 京兆眉妩：汉代京兆尹张敞喜欢为妻子画眉，而且画得很美。《汉书·张敞传》："敞为京兆……又为妇画眉，长安中传张京兆眉妩。"

[4] 徽容：指画像。

◇译文

秋日，寒蝉在树上凄切鸣叫，燕子穿过落满灰尘的帘幕，楼阁上时时传来滴漏的声响。因疲倦懒得脱下头巾，因困倦便躺在竹席上打盹，梧桐的树荫遮蔽了半个庭院。对着自己的影子凝神发呆，不时听到雨打窗户的声音。

我默默无语，可叹近来心中不安，身体多病，提不起情绪，连酒杯也懒得碰了。想必当年在京城遇见的貌若天仙的女子，还和当初见到的时候一样妩媚。帘幕深处，我空对着她的画像暗自惆怅，等到下次花前月下的时候，我一定不让她回去。

隔浦莲·新篁摇动翠葆

新篁[1]摇动翠葆[2]。曲径通深窈。夏果收新脆，金丸落、惊飞鸟[3]。浓翠迷岸草。蛙声闹。骤雨鸣池沼[4]。

水亭小。浮萍破处，帘花檐影颠倒[5]。纶巾羽扇，困卧北窗清晓[6]。屏里吴山梦自到。惊觉。依然身在江表。

◇注释

[1] 篁：竹子。

[2] 葆：车盖。

[3] 金丸落、惊飞鸟：化用李贺诗《嘲少年》："背把金丸落飞鸟。"金丸，指打弹弓所用的金属弹丸，词中指黄色的果子。

[4] 池沼：小池。有说圆为池，曲为沼。

[5] 浮萍破处，帘花檐影颠倒：这两句化用张先《题西溪无相院》"浮萍破处见山影"之句。

[6] 困卧北窗清晓：用陶渊明的典故。《晋书·陶潜传》："尝言夏日虚闲，高卧北窗之下，清风飒至，自谓羲皇上人。"

◇译文

新竹在风中摇动，翠绿的叶子像是翠羽装饰的车盖。曲折的小路通往幽深清净处。新收的夏果新鲜嫩脆，成熟的果子像金色的弹丸，不时坠落，惊飞了枝头的鸟儿。浓雾笼罩着岸边的青草，池塘里蛙声喧闹，和急促的雨声连成一片。

池边有个小亭，散开的浮萍处，可以看见亭檐和帘花的倒影。我头戴纶巾，手摇羽扇，在清晨倦卧北窗下。画屏上的吴山只有在梦中才能到达。惊醒，方知自己仍在江南。

过秦楼·水浴清蟾

水浴清蟾[1]，叶喧凉吹，巷陌马声初断。闲依露井，笑扑流萤，惹破画罗轻扇[2]。人静夜久凭阑，愁不归眠，立残更箭。叹年华一瞬，人今千里，梦沉书远。

空见说、鬓怯琼梳，容销金镜，渐懒趁时匀染[3]。梅风地溽，虹雨苔滋，一架舞红都变。谁信无聊，为伊才减江淹[4]，情伤荀倩[5]。但明河影下，还看稀星数点。

◇注释

[1] 清蟾：月亮。

[2] 笑扑流萤，惹破画罗轻扇：杜牧《秋夕》诗有：“银烛秋光冷画屏，轻罗小扇扑流萤。”

[3] 趁时匀染：根据时尚化妆打扮。

[4] 才减江淹：据《南史》记载，江淹少时梦人授五色笔而文思大进，后又梦郭璞取其笔，自此作诗无美句，才思竭尽，即“江郎才尽”。

[5] 情伤荀倩：荀粲，字奉倩。其妻曹氏亡，叹曰：“佳人难再得！”吊之，

不哭而神伤，未几，亦亡。

◇译文

明月倒映在清澈的池塘中，凉风吹动树叶沙沙作响，街巷中已听不见车马的喧闹声。闲来无事，我靠着井栏，看她嬉笑着扑打流萤，不小心弄破了画罗轻扇。夜深人静，我还在凭栏凝思，满怀愁绪，难以成眠，直到漏尽更残。叹时光易逝，如今你我相隔千里，音书难托，就是梦中也难以到达。

空听人说，她饱受相思之苦，鬓发稀疏不敢拿起玉梳，玉容消瘦不敢照金镜，渐渐没有心思梳妆打扮，追求时尚。梅雨时节，地面潮湿，青苔滋生，满架舞动的红花已凋零。谁能相信因相思而无聊的我，会为了她像才尽的江淹而无心写诗作词，像伤情的荀倩哀伤不已？仰望银河，只见几颗疏星在夜空中闪烁。

关河令·秋阴时晴渐向暝

秋阴[1]时晴渐向暝[2]，变一庭凄冷。伫听寒声[3]，云深无雁影。

更深人去寂静，但照壁[4]、孤灯相映。酒已都醒，如何消[5]夜永[6]？

◇注释

[1] 秋阴：秋天的阴霾。

[2] 暝：天黑。

[3] 寒声：秋声，指雁声。这句是用李白《秋夕书怀》诗："北风吹海雁，南渡落寒声。"

[4] 照壁：也称影壁，大门内或屏门内作屏蔽的墙壁，与正门相对，作遮挡、装饰之用，多绘有图案或题有文字。

[5] 消：打发，消遣。

[6] 夜永：长夜。永，漫长。谢庄《山夜忧》："夜永兮忧绵绵，晨寒起长渊。"

◇译文

秋日天气时阴时晴，天色渐晚，院子里一片凄冷。伫立在院中，只听见大雁的鸣叫声，茫茫天际却望不见大雁的影子。

夜深了，人已散去，周围一片寂静，只有一盏孤灯伴我，残影照在墙壁上。酒已完全清醒，这漫漫长夜如何度过？

还京乐·禁烟近

禁烟[1]近，触处[2]浮香秀色相料理[3]。正泥[4]花时候，奈何客里，光阴虚费！望箭波无际。迎风漾日黄云委。任去远，中有万点，相思清泪。

到长淮底。过当时楼下，殷勤为说，春来羁旅况味。堪嗟误约乖期，向天涯、自看桃李。想而今、应恨墨盈笺，愁妆照水。怎得青鸾翼，飞归教见憔悴。

◇注释

[1] 禁烟：禁烟火，指寒食。

[2] 触处：到处。

[3] 料理：逗引。

[4] 泥：沉迷。

◇译文

寒食将近，到处花香浮动，景色秀丽，撩拨着人们的情思。正是流连赏花的好时节，我却羁旅在外，任光阴虚度！望着涛涛江水流向远处，江风徐来，阳光在水面荡漾，似在吞吐天上的黄云。任江水远去，夹带着我相思的泪水。

流到淮水里去吧，经过当年伊人的楼下时，捎去我殷勤的情意，告诉她我羁旅在外的况味。如今我已误了归期，漂泊天涯，独自看着桃李花开。想如今，她也许正将满怀怨恨写满纸笺，倚楼眺望，水中映出她愁苦的容颜。我怎样才能得到神鸟青鸾那样的羽翼，飞到我那被思念折磨得憔悴不堪的人儿身边。

浣溪沙·争挽桐花两鬓垂

争挽桐花两鬓垂。小妆弄影照清池。出帘踏袜趁蜂儿。

跳脱[1]添金双腕重，琵琶拨尽[2]四弦悲。夜寒谁肯剪春衣？

◇注释

[1] 跳脱：手镯。

[2] 拨尽：弹奏。

◇译文

小女孩们争着嚷着摘下梧桐花，插在垂下的两鬓上。她们稍稍打扮后来到池水边照影弄姿。帘外有蜜蜂飞过，她们还只穿着袜子，就匆忙掀开帘子，出去追逐蜜蜂。

纤细的手腕上戴着嵌金的镯子，让她们感到沉重。她们弹奏着琵琶，拨弄着悲切的曲调。夜晚寒冷，谁肯为她们裁制春衣呢？

浣溪沙·雨过残红湿未飞

雨过残红湿未飞。珠帘一行透斜晖。游蜂酿蜜窃香归。

金屋无人风竹乱，衣篝[1]尽日水沉[2]微。一春须有忆人时。

◇注释

[1] 篝：熏笼，下焚香料，以熏衣物。

[2] 水沉：沉香的一种。

◇译文

雨后，几朵残花湿漉漉地挂在枝头，还未随风飞散。斜阳透过珠帘照进屋内。那些偷香酿蜜的蜂儿在外游荡够了，也忙着回巢了。

富丽堂皇的屋内空寂无人，只有窗外的竹子在风中摇摆。熏衣的香篝里，过了一整天，水沉香的香气已渐无。整个春天，总会有想念我的时候吧。

浣溪沙·楼上晴天碧四垂

楼上晴天碧四垂[1]。楼前芳草接天涯。劝君莫上最高梯[2]。

新笋已成堂下竹[3]，落花都上燕巢泥[4]。忍[5]听林表[6]杜鹃啼！

◇注释

[1] 楼上晴天碧四垂：魏夫人《阮郎归》："夕阳楼外落花飞，晴空碧四垂。"碧四垂，指山色、蓝天从四面高处垂下来。

[2] 高梯：高楼。

[3] 新笋已成堂下竹：这里指暮春。王僧孺《春怨诗》："厌见花成子，多看笋为竹。"

[4] 落花都上燕巢泥：地上落花化为泥土，被燕子衔去筑巢。

[5] 忍：不忍。

[6] 林表：林外。

◇译文

楼上晴空万里，青天四垂，楼前芳草连绵，远接天涯。劝君不要登上楼的顶层，登高望远，最是伤感。

堂下新笋已成竹。地上落花化成泥，被燕子衔去筑巢。怎么能忍心听林外杜鹃“不如归去”的哀啼？

浣溪沙·翠葆参差竹径成

翠葆[1]参差竹径成，新荷跳雨碎珠倾。曲栏斜转小池亭。

风约[2]帘衣归燕急，水摇扇影戏鱼惊。柳梢残日弄微晴。

◇注释

[1] 翠葆：翠鸟羽毛装饰的车盖。这里指枝叶茂盛的翠竹。

[2] 约：缠。

◇译文

小路旁茂盛的翠竹参差不齐，雨水打在新生的荷叶上，如同散落的珠玉滚动倾泻。栏杆沿着池塘边的亭子曲折迂回。

风卷帘幕，燕子匆匆回到巢中，扇影摇动，惊扰了水中嬉戏的鱼儿。雨后初晴，柳梢在残阳中摇动，似在逗弄傍晚的晴色。

花犯·梅花

粉墙低，梅花照眼，依然旧风味。露痕轻缀。疑净洗铅华，无限佳丽。去年胜赏曾孤倚。冰盘[1]同宴喜。更可惜[2]，雪中高树，香篝熏素被。

今年对花最匆匆，相逢似有恨，依依愁悴。吟望久，青苔上、旋看飞坠。相将见、脆丸[3]荐酒[4]，人正在、空江烟浪里。但梦想、一枝潇洒，黄昏斜照水[5]。

◇注释

[1] 冰盘：果盘。韩愈《李花》：“冰盘夏荐碧实脆。”

[2] 可惜：怜惜。

[3] 脆丸：指梅子。

[4] 荐酒：酿酒。

[5] 黄昏斜照水：化用林逋《山园小梅二首》：“疏影横斜水清浅，暗香浮动月黄昏。”

◇译文

低矮的粉墙边，梅花盛开，绚烂夺目，还像往年一样风采依旧。花瓣上点缀着露水的痕迹，仿佛刚刚洗尽铅华的美人，露出原本的天生丽质。去年我曾独倚梅树旁，尽情欣赏。我摘下梅花，放在盘子里，供筵席上的人们欣赏。尤其让人怜惜的是高高的梅树上覆盖着白雪，就像熏笼上的一床素被。

今年赏花时间太匆匆，相逢之际，似有怨恨，又有依恋，竟因忧愁而憔悴。我久久凝望，低低沉吟，它们纷纷飘落在青苔上。不久，就有梅子长满枝头，可以用来酿酒。那时，我可能已经离去，正在烟波浩渺的江面上漂泊。唯有在梦中能见到梅花斜映在水面的潇洒身姿。

鹤冲天·溧水长寿乡作

梅雨霁[1]，暑风和[2]。高柳乱蝉多。小园台榭远池波[3]。鱼戏动新荷。

薄纱橱[4]，轻羽扇。枕冷簟凉深院。此时情绪此时天，无事小神仙[5]。

◇注释

[1] 霁：雨停止。

[2] 和：温和。

[3] 远池波：指池水在远处泛着波光。

[4] 纱橱：纱帐。橱，同"幮"，帐。李清照《醉花阴》："玉枕纱橱，半夜凉初透。"

[5] 无事小神仙：魏野《述怀》："有名闲富贵，无事小神仙。"

◇译文

连绵多日的梅雨刚停止，和暖的夏风渐起。知了在高高的柳树上不知疲倦地鸣叫。登上园中台榭，望着池塘里荡起的微波，新生的荷叶在摇晃，那是鱼儿在水下嬉戏。

撑起薄薄的纱帐，轻轻挥动手中的羽扇，躺在庭院深处的竹席上倍觉凉爽。这时的心情就像此时外面的天空一样明媚，这样的日子简直像神仙一样悠闲。

红林檎近·咏雪

高柳春才软，冻梅[1]寒更香。暮雪助清峭，玉尘[2]散林塘。那堪飘风[3]递冷，故遣度幕穿窗。似欲料理新妆，呵手弄丝簧。

冷落词赋客，萧索水云乡[4]。援毫授简[5]，风流犹忆东梁。望虚檐[6]徐转，回廊未扫，夜长莫惜空酒觞。

◇注释

[1] 冻梅：冬天的梅花。

[2] 玉尘：指雪花。

[3] 飘风：回旋的风。

[4] 水云乡：指江南。

[5] 援毫授简：指命笔作赋。毫，毛笔。简，用来写字的竹片或木片。二者均为书写工具。谢惠连《雪赋》：梁王游于兔园，召邹阳、枚乘、司马相如等随侍。不一会儿，下雪了，梁王授简于司马相如，命他作赋。

[6] 虚檐：凌空的房檐。

◇译文

高高的柳树春天才抽出柔软的枝条，冬天的梅花经过寒冷更加清香。傍晚的积雪勾勒出山崖陡峭的姿态，纷纷扬扬的雪花洒满树林和池塘。寒风卷起雪花穿过帘幕和窗户，带来的寒冷让人无法忍受。佳人正打算整理一个适合雪天的新妆容，她们要呵气暖手才能拨弄琴弦。

我如今不被重用，漂泊在江南水乡，孤独寂寞，还常常忆起在京城被皇帝亲自授笔命赋的风流才情。看雪花在屋檐间徐徐飘转，曲折的走廊里积雪还没有清扫，漫漫长夜，不如举杯畅饮，以消磨时光。

红窗迥·几日来

几日来，真个醉，不知道、窗外乱红[1]，已深半指。花影被风摇碎，拥春酲[2]乍起。

有个人人[3]，生得济楚[4]，来向耳畔，问道："今朝醒未？"情性儿、慢腾腾地。恼得人又醉[5]。

◇注释

[1] 乱红：指落花。

[2] 酲：喝醉酒神志不清。

[3] 人人：人。

[4] 济楚：漂亮。

[5] 恼得人又醉：惹得人又陶醉了。

◇译文

这几日以来，真是喝醉了，不知道窗外落花已满地。风吹着花枝摇晃，花影被摇得零乱，带着几分醉意才刚刚起身。

有个人长得很漂亮，在我的耳边轻轻地问道：“今早酒醒了吗？”性情温和，柔声慢语，惹得人又陶醉了。

解连环·怨怀无托

怨怀无托。嗟情人断绝，信音辽邈[1]。信妙手、能解连环，似风散雨收，雾轻云薄。燕子楼[2]空，暗尘锁、一床弦索。想移根换叶，尽是旧时，手种红药。

汀洲渐生杜若[3]。料舟移岸曲，人在天角。谩记得、当日音书，把闲语闲言，待总烧却。水驿春回，望寄我、江南梅萼。拚今生、对花对酒，为伊泪落。

◇注释

[1] 辽邈：渺茫。

[2] 燕子楼：在今江苏省徐州市。唐代张建封的爱妾关盼盼居所。张建封死后，关盼盼因念旧爱不嫁，独居此楼十余年。苏轼有词："燕子楼空，佳人何在？空锁楼中燕。"

[3] 杜若：香草名。

◇译文

哀怨的情怀无所寄托，叹情人又离我而去，音信渺茫。纵然有一双妙手，能解开我们之间的种种纠葛，但感情已如雨收云散，只留下轻云薄雾般淡淡的思念。她曾经居住的小楼已人去楼空，连乐器也蒙上了一层灰暗的尘埃。她过去亲手栽种的红芍药，也已经换过新叶，长出新根。

江中的沙洲渐渐长出了杜若。料想她的小船沿着曲折的江岸离去，如今已人在天涯。还记得当时我们锦书中的山盟海誓，如今成了闲言闲语，不如全部烧掉吧。当春天来到水边驿舍的时候，希望她能给我寄来一枝江南的梅花。我今生只有对花相思，借酒浇愁，为她流泪伤情。

解语花·元宵

风销绛蜡，露浥红莲[1]，灯市光相射。桂华流瓦。纤云散、耿耿[2]素娥欲下。衣裳淡雅。看楚女、纤腰[3]一把。箫鼓喧、人影参差，满路飘香麝。

因念都城放夜[4]。望千门如昼，嬉笑游冶。钿车罗帕。相逢处、自有暗尘随马[5]。年光是也。唯只见、旧情衰谢。清漏移[6]，飞盖[7]归来，从舞休歌罢。

◇注释

[1] 红莲：荷花灯。

[2] 耿耿：明亮。

[3] 楚女、纤腰：《韩非子》："故越王好勇，而民多轻死。楚灵王好细腰，而国中多饿人。"

[4] 放夜：唐宋时正月十四至十六日京城街道夜禁开放，可以整夜自由通行。

[5] 暗尘随马：车马过处，尘土飞扬。苏味道《正月十五夜》："暗尘随马去，明月逐人来。"

[6] 清漏移：指夜深。

[7] 飞盖：指飞驰的车子。

◇译文

红烛在风中销融，露水打湿了红色的荷花灯，街市上灯火辉映。月华如水，倾泻在屋顶的瓦檐上，淡淡的云彩散去，明艳的仙子就要降临人间。看街上的姑娘们身材苗条，衣着淡雅。喧闹的乐鼓声中，游人如织，满街香气飘荡。

不禁想起京城中开放夜禁过元宵节的热闹场景，千家万户，张灯结彩，有如白昼，人们嬉笑游玩。香车上的女子不时挥动罗帕，拥挤的道上，吸引了不少人，车马行过处，尘土飞扬。光景依旧，只是当年的情致已衰减。夜深了，赶紧飞车归去，不管歌舞到几时，也无心欣赏。

解蹀躞·秋思

候馆丹枫吹尽，面旋[1]随风舞。夜寒、霜月飞来伴孤旅。还是独拥秋衾，梦余酒困都醒，满怀离苦。

甚情绪。深念凌波微步[2]，幽房暗相遇。泪珠都作秋宵枕前雨。此恨音驿[3]难通，待凭征雁归时，带将愁去。

◇注释

[1] 面旋：舞蹈名，词中用来形容落花飞舞。

[2] 凌波微步：形容女子步履轻盈。曹植《洛神赋》：“凌波微步，罗袜生尘。”

[3] 音驿：指书信、消息。

◇译文

旅馆旁红色的枫叶已落尽，落花随风飞舞。夜色寒凉，霜月有情，特意飞来陪伴我这个孤独的旅人。午夜梦醒，一个人抱着被子，坐在床上，酒意消散，人已清醒，疲惫已消除，只是满腔的离别之苦向谁倾诉。

我无法忘记她踏着轻盈的脚步来到幽房与我约会的情景。在深秋的夜里，孤枕难眠，思念的泪水如雨，打湿了枕头。愁人的是书信难以传递，只好等鸿雁南飞时，带去我无限的思念。

浪淘沙慢·晓阴重

晓阴重，霜凋岸草，雾隐城堞[1]。南陌脂车待发，东门帐饮乍阕[2]。正拂面、垂杨堪揽结[3]。掩红泪、玉手亲折。念汉浦离鸿去何许，经时信音绝。

情切。望中地远天阔。向露冷风清无人处，耿耿寒漏咽。嗟万事难忘，唯是轻别。翠尊[4]未竭。凭断云、留取西楼残月。罗带光销纹衾叠。连环解、旧香顿歇。怨歌永、琼壶敲尽缺[5]。恨春去、不与人期，弄夜色，空余满地梨花雪。

◇注释

[1] 城堞：城上的矮墙。

[2] 阕：终了，结束。

[3] 揽结：绾结，指折柳赠别。

[4] 翠尊：饰以绿玉的酒器，指华美的酒杯。

[5] 琼壶敲尽缺：据说王敦酒后咏曹操诗："老骥伏枥，志在千里。烈士暮年，壮心不已"，并用如意击唾壶为节，壶口尽缺。

◇译文

清早，天气阴沉，霜后岸边的青草已枯黄凋零，城上的矮墙隐没在雾气之中。南街上涂过油脂的车子正在等待着出发，东门外送别的酒宴已经结束。垂柳拂面，已可折下绾结。她以手遮挡离别的泪水，亲自折下一枝送给我。汉水边离开的鸿雁，究竟飞到了哪里？为什么这么久还不给我捎来一点音讯！

思念的情意如此迫切，却被辽阔的天地阻隔。在这风清露冷的无人之处，不安地听着漏壶声声，凄楚如咽。叹世间万事，唯有离别最是难忘。杯中酒未尽，但愿天边的云彩可以留住西楼上的残月。她送的罗带已失去光泽，曾经的绣被叠放在床上。玉连环已断，原有的香气已消散。我不停地唱着哀怨的歌，击壶为节，壶口已残缺。可恨春光不与人商量，已悄然归去，只留下满地梨花，映衬得夜色凄凉。

六丑·蔷薇谢后作

正单衣试酒[1]，怅客里、光阴虚掷。愿春暂留，春归如过翼。一去无迹。为问花何在？夜来风雨，葬楚宫倾国[2]。钗钿堕处遗香泽。乱点桃蹊，轻翻柳陌。多情为谁追惜？但蜂媒蝶使，时叩窗槅。

东园岑寂。渐蒙笼[3]暗碧。静绕珍丛[4]底，成叹息。长条故惹行客[5]。似牵衣待话，别情无极。残英小、强簪巾帻。终不似、一朵钗头颤袅，向人欹侧。漂流处、莫趁潮汐。恐断红、尚有相思字，何由见得？

◇注释

[1] 试酒：宋时农历四月初，尝新酒，叫试酒。

[2] 楚宫倾国：比喻蔷薇花。

[3] 蒙笼：草木茂盛。

[4] 珍丛：珍贵的花丛。

[5] 长条故惹行客：由于蔷薇枝条有刺，会勾住人的衣服，故有此说。

◇译文

已经到了身着单衣、品尝新酒的时候，可惜美好的春光空流逝，让人惆怅不已。希望春天可以多停留一会儿，可它却像飞鸟掠过天空，不留一丝痕迹。试问花都去了哪里？一夜风雨，葬送了它们的美丽。坠落的花瓣还带着淡淡的余香，飘落在桃树下的小路上，翻飞在柳荫道上。谁为飘落的花瓣惋惜？只有它们的媒人和使者还不时叩击我的窗棱，似乎在询问它们的消息。

东园里冷清寂静，草木渐渐长得繁盛茂密。我静静地在花丛下徘徊，为它们叹息。蔷薇的枝条勾住我的衣裳，似乎有话要说，露出依依不舍的无限情意。我捡起小小的落花，勉强插在头巾上，到底不如盛开的花朵插在佳人金钗上那样摇曳多姿，向人妩媚地斜倚。花儿啊，千万不要随着潮水流去，就怕花瓣上写满相思句，让人如何能看到呢？

兰陵王·柳

柳阴直[1]。烟里丝丝弄[2]碧。隋堤上、曾见几番，拂水飘绵送行色。登临望故国。谁识。京华倦客。长亭路，年去岁来，应折柔条过千尺。

闲寻旧踪迹。又酒趁哀弦，灯照离席。梨花榆火[3]催寒食。愁一箭风快，半篙[4]波暖，回头迢递便数驿。望人在天北。

凄恻。恨堆积。渐别浦萦回，津堠[5]岑寂。斜阳冉冉[6]春无极。念月榭携手，露桥闻笛。沉思前事，似梦里，泪暗滴。

◇注释

[1] 柳阴直：柳树的阴影排列整齐，似一条直线。

[2] 弄：飘拂。

[3] 榆火：旧俗寒食节禁烟火，清明日宫中把从榆柳木上钻取的火赐给百官。

[4] 半篙：指河水很深。

[5] 津堠：渡口码头。

[6] 冉冉：缓慢移动。

◇译文

柳荫成行，细长的柳条在雾霭中摇摆，婀娜多姿。隋堤上，我曾多少次看到柳絮飘飞，送别匆匆离去的行人。每次登高瞭望故乡，谁能理解我这个客居京华之人的心情？十里长亭路，年复一年，我送别行人折下的柳条也有上千条。

趁着闲暇，故地重游，不料又赶上为朋友送别的酒宴，灯光照耀着离别的筵席，饮酒时有哀怨的乐曲伴奏。梨花已经盛开，提醒着寒食节就要来临，人们就要用榆木取火。我满怀愁绪，乘船离开，顺风航行，快如飞箭，竹篙在温暖的水波中撑动，回头望，已经过了几个驿站，再也看不到远在天北的友人。

我心情凄惨，愁恨堆积。送别的河岸迂回曲折，渡口的码头一片寂静。斜阳缓慢落下，春色无边，想起我们牵着手在月光下的水榭游乐，在沾满露水的桥上听笛声悠扬。追忆往事，恍如梦中，不禁暗暗流下了泪水。

荔枝香近·照水残红零乱

照水残红零乱，风唤去。尽日恻恻[1]轻寒，帘底吹香雾。黄昏客枕无憀，细响当窗雨。闲看两两相依燕新乳。

楼下水，渐渌[2]遍、行舟浦。暮往朝来，心逐片帆轻举。何日迎门，小槛朱笼报鹦鹉。共剪西窗蜜炬[3]。

◇注释

[1] 恻恻：形容寒意。

[2] 渌：清澈。

[3] 蜜炬：蜡烛。此句化用李商隐《夜雨寄北》："何当共剪西窗烛，却话巴山夜雨时。"

◇译文

临水照影的残花被风吹得零乱飘散。春风还带着些许寒意从早到晚刮个不停，携带着落花的芬芳，从帘子底下飘进屋里。客居他乡，甚是无聊，傍晚时分便靠在枕上，听窗外细雨淅淅沥沥，闲看梁间新生的乳燕成双成对地依偎。

楼下港湾，绿水潺潺，已有船只出行。行船早出晚归，我的心也随着船儿扬帆远行。什么时候才能回到家中，听到栅栏前红色鸟笼中鹦鹉呼报我的归来，晚上能与妻子一起剪着烛花，畅谈我心中的思念？

浪淘沙慢·万叶战

万叶战[1]、秋声露结，雁度砂碛。细草和烟尚绿，遥山向晚更碧。见隐隐、云边新月白。映落照、帘幕千家，听数声何处倚楼笛。装点尽秋色。

脉脉。旅情暗自消释。念珠玉临水犹悲感，何况天涯客。忆少年歌酒，当时踪迹。岁华易老，衣带宽、懊恼心肠终窄。飞散后、风流人阻，蓝桥约[2]、怅恨路隔。马蹄过、犹嘶旧巷陌。叹往事、一一堪伤，旷望[3]极。凝思又把阑干拍[4]。

◇注释

[1] 战：发抖，形容树叶瑟瑟作响。

[2] 蓝桥约：指男女约会之处。蓝桥，在今陕西蓝田。传说蓝田有仙窟，为唐代裴航遇仙女云英之地。

[3] 旷望：远望。

[4] 把阑干拍：表示内心不平，为读书人失意时发泄感情的一种方式。宋刘孟节慷慨有奇节，但不得志，曾作诗："读书误人四十年，有时醉把阑干拍。"

◇译文

秋风起，树叶瑟瑟作响，各种秋声交织，露水凝结，大雁越过沙漠，飞向南方。小草在雾气中还没有枯黄，傍晚时分，远处的山峰更加苍翠。仰望天空，云边升起淡淡的新月，看西边，落日照亮了千家万户的帘幕。听何处传来数声悠扬的笛声，装点着秋日的景色。

默默无语，旅途中的情绪逐渐消除。想到心爱的人在岸边送别时的情景，犹感悲伤，何况我这漂泊天涯的游子。回忆少年时唱歌饮酒的情景，感叹年华易老，人渐渐消瘦，心中的愁绪渐渐增多。分手之后，路途遥远，再也无法与心爱的人相见。过去的那条街道，人马过往，热闹依旧。我极目远眺，回想往事，无一不让人伤感难过。凝神思虑，心中不免不平，情不自禁地拍起了栏杆。

满庭芳·风老莺雏

风老莺雏，雨肥梅子，午阴嘉树清圆[1]。地卑山近，衣润费炉烟。人静乌鸢[2]自乐，小桥外、新绿溅溅。凭栏久，黄芦苦竹[3]，拟泛九江船。

年年。如社燕[4]，飘流瀚海[5]，来寄修椽。且莫思身外，长近尊前。憔悴江南倦客，不堪听、急管繁弦。歌筵畔，先安簟枕，容我醉时眠。

◇注释

[1] 午阴嘉树清圆：化用刘禹锡《昼居池上亭独吟》中的“日午树阴正”之句。

[2] 乌鸢：乌鸦。

[3] 黄芦苦竹：白居易《琵琶行》：“住近湓江地低湿，黄芦苦竹绕宅生。”

[4] 社燕：燕子在春天社日时从南方飞回北方，秋天社日时又飞到南方，所以称为社燕。

[5] 瀚海：沙漠，泛指荒远地区。

◇译文

雏莺在暖风的轻拂中长大，梅子在雨水的滋润下肥美，树荫在正午的阳光下清晰圆正。地势低洼又靠近山，衣物容易受潮，颇费炉火熏烘。没有人的干扰，乌鸦在林中翻飞，自得其乐，小桥外，新涨的池水哗哗流淌。望着满地黄芦苦竹，凭栏沉思，追忆当年被贬的白居易泛舟九江边。

年复一年，我就像春来秋去的燕子，漂泊在荒远偏僻的地方，寄居在屋檐之下。且不管那些功名利禄之事，还是常常手持樽酒，欢快畅饮吧。我这个疲惫的江南游子，不忍听那急促繁复的管弦之声。就请在筵席旁边，为我铺上一床枕席，让我醉后可以睡去。

木兰花·暮秋饯别

郊原雨过金英[1]秀。风拂霜威[2]寒入袖。感君一曲断肠歌，劝我十分和泪酒[3]。

古道尘清榆柳瘦[4]。系马邮亭[5]人散后。今宵灯尽酒醒时，可惜朱颜成皓首。

◇注释

[1] 金英：菊花。

[2] 霜威：指寒霜肃杀。

[3] 感君一曲断肠歌，劝我十分和泪酒：这两句化用白居易《晓别》："请君断肠歌，送我和泪酒。"

[4] 榆柳瘦：秋天榆树、柳树因落叶而显得枯瘦。卢纶《孤松吟酬浑赞善》："阴郊一夜雪，榆柳皆枯折。"

[5] 邮亭：驿馆。

◇译文

一场秋雨过后，郊外的菊花更加秀美。秋风萧瑟，寒霜降，冷气侵袭入衣袖。非常感激您为我唱一曲离别的歌，含着悲伤的泪水咽下您为我饯行的酒。

雨后的古道没有尘土飞扬，十分清新，道旁的榆柳叶已落尽，十分清瘦。与送别的朋友分开后，我来到一处驿站栓马投宿。今夜灯已燃尽，酒已醒，可叹我已青春不再，容颜老，华发生。

木兰花令・歌时宛转饶风措

歌时宛转饶[1]风措[2]。莺语清圆啼玉树。断肠归去月三更，薄酒醒来愁万绪。

孤灯翳翳[3]昏如雾。枕上依稀[4]闻笑语。恶嫌春梦不分明，忘了与伊相见处。

◇注释

[1] 饶：富于。

[2] 风措：形容风度举止。柳永《合欢带》：“身材儿，早是妖娆，算风措，实难描。”

[3] 翳翳：不明貌。

[4] 依稀：仿佛。

◇译文

她唱歌的时候歌声婉转，风度优雅，仪态万方，清脆圆润的声音仿佛黄莺在树丛中鸣叫。筵席散后，已是三更，她愁肠百结，踏月归去，我从微醺中醒来，愁绪万千。

孤灯暗淡，如同在迷雾中。躺在床上，耳边依稀听到她的欢声笑语。可恨春天的梦境总是模糊不清，醒后记不起在哪里与她相会。

满江红·昼日移阴

昼日移阴，揽衣起、春帷睡足。临宝鉴、绿云撩乱，未忺[1]妆束。蝶粉蜂黄[2]都褪了，枕痕一线红生玉。背画栏、脉脉悄无言，寻棋局[3]。

重会面，犹未卜。无限事，萦心曲。想秦筝[4]依旧，尚鸣金屋。芳草连天迷远望，宝香薰被成孤宿。最苦是、蝴蝶满园飞，无心扑。

◇注释

[1] 未忺：没有兴趣。

[2] 蝶粉蜂黄：唐代宫妆，以粉敷面，以黄涂额。

[3] 寻棋局：南朝乐府民歌《子夜歌》："明灯照空局，悠然未有期。"

[4] 秦筝：一种弦乐器，相传为秦人蒙恬改制，所以称秦筝。

◇译文

太阳高挂，日影入室，她睡醒后，披衣起身。发髻凌乱，对着镜子也懒得梳妆。脸上的脂粉已褪，只是一线红玉般的枕痕还清晰未褪。背倚着画栏，默默无语，独自凝望着之前与他对弈的地方。

何日再相见，遥遥无期，无限心事涌上心头，难以平静。料想她依旧在闺房中弹奏筝曲。连天芳草模糊了她远望的视线，香料薰过的被子里只有她一人独眠。最让人苦恼的是，看着满园蝴蝶飞舞，她却无心捕捉。

南乡子·拨燕巢

轻软舞时腰。初学吹笙苦未调[1]。谁遣有情知事早，相撩[2]。暗举罗巾远见招。

痴騃[3]一团娇。自折长条拨燕巢。不道有人潜看着[4]，从教。掉下鬟心与凤翘[5]。

◇注释

[1] 未调：曲调还未协调好，走调。

[2] 相撩：挑逗我。相，表示一方对另一方的行为。

[3] 痴騃：幼稚娇憨。

[4] 潜看着：偷看。

[5] 凤翘：凤形首饰。

◇译文

她跳起舞来，腰肢柔软轻盈。现在刚开始学习吹笙，还总是走调。不知是谁教的，小小年纪已多情，竟然挑逗我。远远地就举起罗巾，偷偷地冲我招摇。

她尚未脱去稚嫩娇憨之气，折下柳条拨弄着巢中的燕子。不料却被人偷偷看到，她顿时羞红了脸，任发髻松散，凤翘滑落。

南乡子·晨色动妆楼

晨色动[1]妆楼[2]。短烛荧荧悄未收。自在[3]开帘风不定，飕飕。池面冰澌[4]趁水流。

早起怯梳头。欲绾云鬟又却休。不会沉吟思底事，凝眸。两点春山[5]满镜愁。

◇注释

[1] 动：指天亮了。

[2] 妆楼：女子居住的地方。

[3] 自在：随意。

[4] 冰澌：随水流动的浮冰。

[5] 春山：指女子的眉毛。

◇译文

晨光洒进妆楼，尚未燃尽的烛火还有微光闪烁。晨风飕飕，吹动着帘子摇摆不定。池塘里初解的浮冰随水流动。

她虽然早早就起身，却又害怕梳妆，想要绾起发髻，却又放弃了。这样低头沉吟，到底在想什么事？只见镜中的女子愁眉紧锁，脸上愁云密布。

南乡子·秋气绕城闉

秋气绕城闉[1]。暮角[2]寒鸦未掩门。记得佳人冲雨别，吟[3]分。别绪多于雨后云。

小棹碧溪津。恰似江南第一春。应是采莲闲伴侣，相寻。收取莲心[4]与旧人。

◇注释

[1] 城闉：城门。

[2] 暮角：傍晚的号角声。刘禹锡《洞庭秋月行》："岳阳城头暮角绝，荡漾已过君山东。"

[3] 吟：叹息。

[4] 莲心："怜心"的谐音。《杂曲歌辞·西洲曲》："置莲怀袖中，莲心彻底红。"

◇译文

秋天的气息在城门缭绕，傍晚时分，号角声响起，乌鸦归巢，城门未闭。记得分别那天，她冒雨与我道别，多么令人叹息啊。离别的愁绪比雨后的浮云还要多。

小船在碧绿的溪水中前行，好像一幅江南的春景。应该是姑娘们趁着闲暇，呼朋唤友，一起出来采莲，打算将莲心带给她们旧日的情郎吧。

南乡子·户外井桐飘

户外井桐[1]飘。淡月疏星共寂寥。恐怕霜寒初索[2]被，中宵[3]。已觉秋声引雁高。

罗带[4]束纤腰。自剪灯花试彩毫[5]。收起一封江北信，明朝。为问江头早晚潮[6]。

◇注释

[1] 井桐：井边的梧桐。

[2] 索：寻找。

[3] 中宵：半夜。

[4] 罗带：丝质的腰带。

[5] 彩毫：毛笔。

[6] 潮：潮汛。

◇译文

房屋外井边的梧桐叶飘落，月淡星稀，一片寂静。担心夜里霜降，气温寒冷，所以半夜起床寻找被子。已能听到秋天的声音和大雁飞过时的哀鸣。

用丝质的腰带把纤腰束紧，亲手剪下灯花，拿起笔开始写信。折起写好的书信，等明天早上去江边问问潮汛，让出行的船儿把信送到江北去。

南浦·浅带一帆风

浅带一帆风，向晚[1]来、扁舟稳下南浦。迢递阻潇湘，衡皋迥、斜舣[2]蕙兰汀渚。桅樯影里，断云点点遥天暮。菡萏[3]里风，偷送清香，时时微度。

吾家旧有簪缨[4]，甚顿作天涯、经岁羁旅。羌管怎知情？烟波上、黄昏万斛愁绪[5]。无言对月，皓彩千里人何处？恨无凤翼身，只待而今，飞将[6]归去。

◇注释

[1] 向晚：傍晚。

[2] 舣：停船靠岸。

[3] 菡萏：荷花。

[4] 簪缨：古代官帽上的冠饰，后指做官的人。

[5] 烟波上、黄昏万斛愁绪：该句化用崔颢《黄鹤楼》：“日暮乡关何处是，烟波江上使人愁。”

[6] 将：助词，无实际意义。

◇译文

傍晚时分，带着一帆轻风，船平稳地驶向南浦。路途遥远，又有湘水、潇水阻隔，把船停靠在长满香草的浅滩处。夕阳照射着桅杆，影子投射下来，片片云霞点缀着傍晚远方的天空。清风徐来，不时送来阵阵荷花的清香。

我家祖上曾做官，不知怎么就突然败落了，我们长期远离家乡漂泊在天涯海角。羌笛怎能表达出我的感情？傍晚，烟雾苍茫的水面上有我无尽的愁情。默默地看着天上的明月，月光倾泻，我与亲人远隔千里，她人在何处呢？只恨自己现在不能插翅而飞，飞回到她的身边。

菩萨蛮·梅雪

银河[1]宛转三千曲。浴凫飞鹭澄波绿。何处是归舟。夕阳江上楼。[2]

天憎梅浪发[3]。故下封枝雪。深院卷帘看。应怜江上寒。

◇注释

[1] 银河：天河，词中指人间的河。

[2] 何处是归舟。夕阳江上楼：这两句化用温庭筠《望江南》："梳洗罢，独倚望江楼。过尽千帆皆不是，斜晖脉脉水悠悠。肠断白蘋洲。"

[3] 浪发：滥开。

◇译文

长河蜿蜒，河水曲折，水波碧绿，野鸭在水中戏水，白鹭在水面飞翔。哪里是他乘坐的归舟？在夕阳下，我久久伫立在江楼边眺望。

上天也在憎恶梅花开得太滥吧，特意下了一场大雪盖在梅树的枝头。在幽深的庭院，卷起帘子远眺，心中应在惦念着寒江归来的亲人吧。

秋蕊香・乳鸭池塘水暖

乳鸭池塘水暖[1]。风紧柳花迎面。午妆粉指印窗眼。曲里[2]长眉翠浅[3]。

问知社日停针线[4]。探新燕。鬓钗落枕春梦远。帘影参差满院。

◇注释

[1] 乳鸭池塘水暖：此句化用苏轼《惠崇春江晚景》中"春江水暖鸭先知"之句。

[2] 曲里：弯曲。

[3] 翠浅：指眉毛颜色淡。

[4] 社日停针线：指春社，唐宋时期，妇女在这一天可以不做针线活，观看祭祀活动。

◇译文

池塘里的水变暖了，小鸭子在游来游去。春风阵阵，柳絮纷飞，迎面扑来。中午梳妆后，把手指上的脂粉一点一点地印在窗孔上。用浅色眉笔画出的眉毛又弯又长。

听说春社日可以停止针线活，无心外出，却打探今年的燕子是否已归来。不知不觉睡着了，醒来发现，梦中追寻的人已远去，发髻松散，发钗掉落。参差的帘影在院中舞动。

齐天乐·秋思

绿芜凋尽台城[1]路，殊乡又逢秋晚。暮雨生寒，鸣蛩劝织，深阁时闻裁剪。云窗静掩。叹重拂罗茵，顿疏花簟。尚有练囊，露萤清夜照书卷[2]。

荆江留滞最久，故人相望处，离思何限。渭水西风，长安乱叶[3]，空忆诗情宛转。凭高眺远。正玉液新篘[4]，蟹螯初荐。醉倒山翁[5]，但愁斜照敛。

◇注释

[1] 台城：古城名。本为三国时吴国的后苑城，东晋成帝时改建，后为东晋和南朝的台省和宫殿所在地。故址在今南京市。

[2] 尚有练囊，露萤清夜照书卷：这两句用晋朝车胤的典故。《晋书·车胤传》："胤恭勤不倦，博学多通。家贫不常得油，夏月则练囊盛数十萤火以照书，以夜继日焉。"

[3] 渭水西风，长安乱叶：化用贾岛《忆江上吴处士》："秋风吹渭水，落叶满长安。"

[4] 篘：滤酒用的竹器。

[5] 山翁：指山简。《晋书·山简传》："简每出嬉游，多之池上，置酒辄醉，

名之曰‘高阳池’。时有童儿歌曰：‘山公出何许？往至高阳池。日夕倒载归，酩酊无所知。’”

◇译文

台城草木已凋零，身在异乡，又逢深秋。傍晚时分，一场秋雨带来阵阵寒意，蟋蟀发出急促的鸣叫声，深闺传来女子赶制寒衣的裁剪声。窗户静静地关着，又到了收起凉席、铺上被褥的时候。练囊里还有萤火虫，在这清冷的夜晚为我照亮书卷。

我在荆江寓居的时间最长，别后与故友相互想念，有多少的离愁别恨。我回忆着过去，那时也是西风吹渭水、落叶满长安的深秋时节，空忆当时婉转的诗情。登高远眺，美酒已酿成，螃蟹已上市。不怕酩酊大醉，只担心夕阳西下，又引起无限愁思。

庆宫春·云接平冈

云接平冈[1]，山围寒野，路回渐转孤城。衰柳啼鸦，惊风驱雁，动人一片秋声。倦途休驾，澹烟里、微茫见星。尘埃憔悴，生怕黄昏，离思牵萦。

华堂旧日逢迎。花艳参差，香雾飘零。弦管当头，偏怜娇凤[2]，夜深簧暖笙清[3]。眼波传意，恨密约、匆匆未成。许多烦恼，只为当时，一晌留情。

◇注释

[1] 平冈：平坦的山脊。

[2] 娇凤：指吹笙的女子。

[3] 簧暖笙清：笙里的簧片用铜片制成，冬天吹奏前需要先烧炭火，将笙置于熏笼上，簧片烤暖之后，吹起来声音会更加清脆悦耳。

◇译文

秋云飘浮在山脊，群山环绕着萧瑟的原野，峰回路转，渐渐走进一座孤城。乌鸦在枯柳上啼叫，疾风驱赶着雁群快速飞往南方，到处秋声回荡，触动我的愁思。路途劳顿，停下马车，稍作休憩，轻烟笼罩，星光若现。风尘仆仆，憔悴不堪，最怕黄昏，离愁别思萦绕心头。

犹记那日华堂之上的相逢，美人如云，香雾弥漫。乐伎中领奏之人最是令人倾心，深夜中她用笙演奏的乐曲清脆悦耳。她用眼神传递着情意，恼人的是时间仓促，未成密约。此后无限地烦恼，只因当时一个眼神便轻易动了情。

绮寮怨·上马人扶残醉

上马人扶残醉，晓风吹未醒。映水曲、翠瓦朱帘；垂杨里、乍见津亭[1]。当时曾题败壁，蛛丝罩、淡墨苔晕青。念去来、岁月如流，徘徊久、叹息愁思盈。

去去倦寻路程。江陵旧事，何曾再问杨琼[2]。旧曲凄清。敛愁黛、与谁听？尊前故人如在，想念我、最关情。何须《渭城》[3]，歌声未尽处，先泪零。

◇注释

[1] 津亭：渡口边的亭子。

[2] 杨琼：唐代江陵歌伎。白居易《问杨琼》："欲说问君君不会，试将此语问杨琼。"

[3]《渭城》：指王维的《渭城曲》。

◇译文

醉酒还未清醒就被人扶上马背，清晨的凉风也没有把我吹醒。低头看见倒映在水中的绿瓦红帘；抬头望见掩映在垂杨间、渡口旁的亭子。当年曾在亭壁上题诗，如今墙壁上落满蛛丝、尘埃，墨色消淡，字迹也被青苔腐蚀得斑驳。想到这些年来的经历，不禁感叹岁月如流水，久久地徘徊、叹息，愁思如潮涌。

多年来，宦居他乡，已懒于打探前程。江陵旧事最难忘，此后再也没有访问过她。她愁眉紧皱，唱的歌曲调凄清，谁是她的知音？酒宴上我这个故人如果还在，想必我是最懂她的人。送别何须唱《渭城曲》，歌声未尽，我已泪如雨下。

瑞龙吟·章台路

章台路[1]。还见褪粉梅梢，试花桃树。愔愔[2]坊陌人家，定巢燕子，归来旧处。

黯凝伫。因念个人痴小，乍窥门户。侵晨浅约宫黄[3]，障风映袖，盈盈笑语。

前度刘郎[4]重到，访邻寻里，同时歌舞。唯有旧家秋娘[5]，声价如故。吟笺赋笔，犹记燕台句。知谁伴、名园露饮，东城闲步[6]？事与孤鸿去[7]。探春尽是，伤离意绪。官柳低金缕。归骑晚、纤纤池塘飞雨。断肠院落，一帘风絮。

◇注释

[1] 章台路：秦昭王曾于咸阳建章台，台前有街，故称章台街或章台路。后来代指妓女聚居之地。

[2] 愔愔：幽深貌。

[3] 浅约宫黄：淡淡地抹上黄色脂粉，也叫约黄。古代宫人用黄粉涂额作妆饰，也称额黄。

[4] 前度刘郎：以唐代诗人刘禹锡自比。刘禹锡被贬，回京后曾作“玄都观里

桃千树，尽是刘郎去后栽”，再次被贬，后回京又作“种桃道士归何处？前度刘郎今又来”。词人在此以刘郎自比。

[5] 秋娘：唐代名妓，泛指歌伎。

[6] 东城闲步：用杜牧《张好好》之典。《张好好》诗序：“牧大和三年，佐故吏部沈公江西幕。好好年十三，始以善歌来乐籍中。后一岁，公移镇宣城，复置好好于宣城籍中。后二岁，为沈著作述师以双鬟纳之。后二岁，于洛阳东城重睹好好，感旧伤怀，故题诗赠之。”

[7] 事与孤鸿去：指往事已消逝。化用杜牧《题安州浮云寺楼寄湖州张郎中》：“恨如春草多，事与孤鸿去。”

◇译文

我重返京城，繁华的街上，还能见到飘落的梅花，满树桃花已含苞待放。熟悉的街巷寂静无声，筑巢的燕子又回到了去年的屋檐下。

我凝神伫立，回想着那时她还娇小天真，初见时，她正好倚门窥探。那天清晨，她的额前淡淡地涂了一抹宫黄，举起衣袖遮挡晨风，笑盈盈地同我说着话。

如今我故地重游，沿街寻访当年与她一起歌舞的姐妹。只有她还声价如故。那时我为她吟词作赋，犹记她对我的爱慕。现在不知是谁陪伴她在名园畅饮，东城散步？往事如飞逝的孤鸿，一去不回。满怀期待来探春，得到的却是伤怀别绪。官道旁的柳枝低垂，似在为我惋惜。我骑马归去，天色已晚，纤纤细雨飘落在池塘。那令人断肠的院落，帘子还在纷乱的柳絮中摇晃。

瑞鹤仙·悄郊原带郭

悄郊原带郭。行路永、客去车尘漠漠。斜阳映山落[1]。敛余红[2]、犹恋孤城阑角。凌波步弱[3]。过短亭、何用素约。有流莺劝我，重解绣鞍，缓引春酌。

不记归时早暮，上马谁扶，醒眠朱阁。惊飙[4]动幕。扶残醉，绕红药。叹西园、已是花深无地，东风何事又恶？任流光过却，犹喜洞天自乐。

◇注释

[1] 落：村落。

[2] 余红：落日的余晖。

[3] 步弱：脚力不济，走不动路。

[4] 惊飙：狂风。

◇译文

静悄悄的原野连接着城郭。旅客远去，车后尘土飞扬，渐行渐远。夕阳映照着山村，落日的余晖还在城角逗留。她步履沉重，就到前面的亭子里休息一下吧，这并不用提前约定。有一位歌女劝我把马鞍重新解下来，慢慢饮上几杯。

不记得何时归来，也不记得是谁把我扶上了马，只知道醒来已睡在红色的阁楼里。一阵疾风吹动帘幕，突然想起园中的红芍药，不顾残醉，绕着花丛察看。可叹西园已落花满地，东风为何还要如此作恶？任时光流淌，我在这小小的天地中尤能自得其乐。

绕佛阁·旅情

暗尘四敛[1]。楼观迥出[2]，高映孤馆。清漏将短。厌闻夜久、签[3]声动书幔[4]。桂华又满。闲步露草，偏爱幽远。花气清婉。望中迤逦，城阴度[5]河岸。

倦客最萧索，醉倚斜桥穿柳线[6]，还似汴堤，虹梁横水面。看浪飐[7]春灯，舟下如箭。此行重见。叹故友难逢，羁思空乱。两眉愁、向谁舒展。

◇注释

[1] 敛：收起。

[2] 迥出：高出。

[3] 签：漏壶中计时的浮签，又称漏箭。

[4] 书幔：书房。

[5] 度：延伸。

[6] 柳线：柳条。

[7] 浪飐：波浪摇动。

◇译文

天色渐晚，大道上已无车马行人，四面的尘土已落下。远处楼台高耸，灯火映射着孤寂的旅舍。深夜，漏壶滴水的声音清脆，我坐在书房，无聊地翻书消遣，听厌了漏箭的声响。又到了十五月圆夜，我走到屋外，漫步在沾满露水的草地上，喜欢向幽静偏远的地方走去。月光下，花香清婉，抬头望，城墙投下的阴影延伸到河岸。

我这个疲倦的旅客最是孤独，带着醉意，我倚靠着斜跨在柳条间的桥栏上。这多像在汴京的堤岸上送别友人时，站在横跨水面的虹桥上，看灯火在波浪中摇晃，船儿像箭一样离去。这次回去，又会见到京城的景物，可叹的是老朋友难以相逢了，便觉得这途中的心情纷乱。堆积在两眉间的愁绪，到哪儿去消解呢？

琐窗寒·暗柳啼鸦

暗柳啼鸦。单衣伫立，小帘朱户。桐花半亩，静锁一庭愁雨。洒空阶、夜阑未休，故人剪烛西窗语[1]。似楚江暝宿[2]，风灯零乱，少年羁旅。

迟暮。嬉游处。正店舍无烟，禁城百五[3]。旗亭[4]唤酒，付与高阳俦侣[5]。想东园、桃李自春，小唇秀靥今在否？到归时、定有残英，待客携尊俎。

◇注释

[1] 剪烛西窗语：李商隐《夜雨寄北》有："何当共剪西窗烛，却话巴山夜雨时。"词人借此抒发怀乡之情。

[2] 暝宿：夜宿。

[3] 百五：寒食节。冬至后一百零五日为寒食。

[4] 旗亭：酒楼。

[5] 高阳俦侣：指酒客。西汉郦食其见高祖，自称高阳酒徒。

◇译文

柳荫深处传来乌鸦的啼叫。我身披单衣，掀起小帘，伫立在窗前。庭院里开满桐花，细雨飘落，笼罩着一院忧愁。雨滴落在空荡荡的台阶上，夜将尽，雨未停。想起往日与老朋友在西窗下彻夜长谈。夜宿楚江之畔，灯火在江风中摇曳，少年漂泊的滋味无限凄凉。

已是迟暮之年，那些游玩的地方，不管酒楼还是客舍全无烟火，正是京城禁火过寒食节的时候。没有了酒楼上呼唤美酒的兴致，就把这豪情交给酒客吧。想起东园里的桃树和李树，应该又到了开花的季节，如美人娇小的嘴唇、娇美的酒窝般的花朵，是否还像往年一样？待我归乡，枝头应该还有残花，等待我携酒与宾客痛饮。

扫花游·晓阴翳日

晓阴翳日，正雾霭烟横，远迷平楚。暗黄万缕。听鸣禽按曲，小腰欲舞。细绕回堤，驻马河桥[1]避雨。信流去，想一叶怨题[2]，今在何处？

春事能几许？任占地持杯，扫花寻路。泪珠溅俎。叹将愁度日，病伤幽素。恨入金徽[3]，见说文君更苦。黯凝伫。掩重关、遍城钟鼓。

◇注释

[1] 河桥：在隋堤上，是送别之所。

[2] 一叶怨题：用的是红叶题诗之典故。唐代一宫女在红叶上题诗："流水何太急，深宫尽日闲，殷勤谢红叶，好去到人间。"红叶随水流到御沟，被卢渥捡到。后来宫女被放出宫嫁人，卢渥前去择配，恰好选中在红叶上题诗的宫女。

[3] 金徽：琴名。元稹《小胡笳引》："雷氏金徽琴，王君宝重轻千金。"

◇译文

清晨，阴云蔽日，雾霭茫茫，烟雾弥漫在原野上。柳枝万缕已渐黄，鸟儿婉转争鸣，柳枝翩翩起舞。我绕堤缓行，雨滴飘落，只好下马到河桥避雨。看着落叶随流水而去，想起红叶题诗的故事，不知如今漂到了何处？

春日的时光还能持续多久？任你举杯畅饮，扫花寻路赏春景。惜春的泪水落在酒杯中。我总是伴着愁苦度日，因相思而忧伤成疾。听说她更痛苦，只能将心中的哀怨诉之琴曲。我黯然伫立，听到城里掩门闭关的阵阵钟鼓之声。

苏幕遮·燎沉香

燎沉香，消溽暑。鸟雀呼晴，侵晓[1]窥檐语。叶上初阳干宿[2]雨。水面清圆，一一风荷举。

故乡遥，何日去？家住吴门[3]，久作长安旅。五月渔郎相忆否？小楫[4]轻舟，梦入芙蓉浦。

◇注释

[1] 侵晓：天快亮的时候。

[2] 宿：隔夜。

[3] 吴门：苏州的别称。作者为浙江钱塘人，这里用吴门泛指江南一带，以借指故乡。

[4] 楫：船桨。

◇译文

燃起沉香，以消除湿热的暑气。天快亮的时候，鸟雀已在屋檐间跳来跳去，叽叽喳喳似在诉说着天要放晴了。初升的太阳照在荷叶上，晒干了昨夜的雨珠。荷花在微风中摇曳，一片片清润圆正的荷叶在水面上舞动。

何日才能回到遥远的故乡？家在江南，却长期客居在京城。又到了五月，在家乡捕鱼的朋友是否也在思念我？在梦中，我划着一叶小舟，穿行在开满荷花的池中。

诉衷情·出林杏子落金盘

出林杏子落金盘[1]。齿软怕尝酸[2]。可惜半残青紫[3]，犹印小唇丹。

南陌上，落花闲[4]。雨斑斑[5]。不言不语，一段伤春，都在眉间[6]。

◇注释

[1] 金盘：指餐具。

[2] 齿软怕尝酸：化用韩偓《幽窗》："手香江橘嫩，齿软越梅酸。"

[3] 青紫：一作"青子"。

[4] 落花闲：该句化用李白《赠黄山胡公求白鹇》诗："夜栖寒月静，朝步落花闲。"

[5] 斑斑：雨点众多貌。

[6] 一段伤春，都在眉间：化用苏轼《蝶恋花》："学画鸦儿犹未就，眉间已作伤春皱。"

◇译文

刚刚采摘的杏子盛放在金盘中，她因齿软怕酸只敢稍作品尝。可惜那青紫色的残杏上，还留有她小小的红色唇印。

城南的大路上，落花悠然飘落，在雨中落了一地斑驳。她沉默不语，一段伤春的愁情紧锁在眉宇间。

霜叶飞·露迷衰草

露迷衰草。疏星挂，凉蟾低下林表。素娥[1]青女[2]斗婵娟，正倍添凄悄。渐飒飒、丹枫撼晓。横天云浪鱼鳞小。似故人相看，又透入、清辉半晌，特地留照。

迢递[3]望极关山，波穿千里[4]，度日如岁难到。凤楼今夜听秋风，奈五更愁抱。想玉匣、哀弦闭了。无心重理相思调。见皓月、牵离恨，屏掩孤颦，泪流多少？

◇注释

[1] 素娥：嫦娥。

[2] 青女：霜神。高诱注《淮南子·天文训》："青女：天神，青霄玉女，主霜雪也。"

[3] 迢递：遥远。

[4] 波穿千里：望眼欲穿。

◇译文

露珠沾满衰草，一片凄迷。几颗星星洒在天空，月亮低挂在树梢。月色和霜气互相比拼，使秋夜更加清冷寂寥。红色的枫叶在晨风中飒飒作响，鱼鳞状的云朵波浪般地横亘在天际。明月似故人与我对望，透过云层，特地将清辉洒向人间。

极目远眺遥远的关山，望眼欲穿，度日如年，却无法到达那里。今夜，她在楼上听着萧瑟的秋风，已是五更天，仍愁情满怀无法入眠。可以想到，她应该已将琴锁进玉匣，再也没有心情去弹奏那相思的曲调。望明月，引离恨，只好独自躲到屏风后，紧锁愁眉，不知又流下多少思念的泪水！

塞垣春·暮色分平野

暮色分平野。傍苇岸、征帆卸。烟村极浦，树藏孤馆，秋景如画。渐别离气味难禁也。更物象、供潇洒[1]。念多材浑衰减，一怀幽恨难写。

追念绮窗人，天然自、风韵娴雅。竟夕起相思，漫嗟怨遥夜[2]。又还将、两袖珠泪，沉吟向寂寥寒灯下。玉骨为多感，瘦来无一把。

◇注释

[1] 潇洒：洒脱。

[2] 竟夕起相思，漫嗟怨遥夜：化用张九龄《望月怀远》中的“情人怨遥夜，竟夕起相思”之句。

◇译文

暮色降临，原野渐渐没入苍茫的暮色中。船儿卸下风帆，停靠在芦苇丛生的岸边。岸边的村子里升起袅袅炊烟，一家孤零零的客舍隐藏在树林中，秋天的这番景象就像一幅精美的图画。虽然眼前景致可以寄托情怀，但背井离乡的滋味慢慢涌上心头，让我难以忍受。想不到我满怀的才情已衰减，一腔幽恨难抒写。

追忆秀阁中的美人儿，天然生就的气质娴静优雅，风韵天成。她应该因相思而整夜徘徊，埋怨暗夜的漫长。夜深人静，她应该独自在寒灯下沉吟哀叹，伤心的泪水沾湿衣袖。她那美丽的身体恐怕也因多愁善感而消瘦得不成样子。

少年游·并刀如水

并刀[1]如水，吴盐[2]胜雪，纤手破新橙。锦幄初温，兽香[3]不断，相对坐吹笙。

低声问向谁行[4]宿？城上已三更。马滑霜浓[5]，不如休去，直是少人行。

◇注释

[1] 并刀：并州出产的剪刀，以锋利著称。

[2] 吴盐：吴地出产的盐，质地细腻，晶莹如雪。

[3] 兽香：兽形香炉。

[4] 谁行（háng）：哪里，何处。行，北宋口语。

[5] 马滑霜浓：霜浓马滑的倒文。

◇译文

并州产的剪刀非常锋利，刀刃闪亮如明快的流水，吴地产的盐晶莹如雪，质地细腻，纤纤玉手剥开新摘的橙子。华丽的帷帐中刚刚变暖，兽形香炉中熏香袅袅，我们相对而坐，吹笙以自娱。

她低声悄悄问我，今晚在哪里栖宿？城上三更已报。夜深霜重路又滑，不如留下吧，此时路上行人已稀少。

少年游·南都石黛扫晴山

南都[1]石黛[2]扫晴山。衣薄耐[3]朝寒。一夕东风，海棠花谢，楼上卷帘看。

而今丽日明如洗，南陌暖雕鞍。旧赏园林，喜无风雨，春鸟报平安。

◇注释

[1] 南都：今河南南阳。在东汉都城洛阳之南，故称南都。

[2] 石黛：古代女子画眉用的青黑色颜料。徐陵《玉台新咏序》："南都石黛，最发双蛾。"

[3] 耐：耐不住，经受不住。

◇译文

天气晴朗，远处的山色像用南都的石黛涂抹过一样明丽。身上单薄的衣衫抵挡不住寒意的侵袭。一夜东风，只怕海棠花已凋落，赶紧卷起帘子往楼下看。

如今阳光明媚，天地如洗过一样明丽，骑马在南城游赏，感受春天的温暖。故地重游，令人高兴的是天气晴朗，春鸟在园林中歌唱，似乎在报告着平安的信息。

少年游・朝云漠漠散轻丝

朝云漠漠散轻丝[1]。楼阁淡春姿。柳泣花啼，九街[2]泥重，门外燕飞迟[3]。

而今丽日明金屋，春色在桃枝。不似当时，小桥冲雨[4]，幽恨两人知。

◇注释

[1] 轻丝：细雨。

[2] 九街：九陌、九衢，古代京师街道的通称。

[3] 燕飞迟：翅膀被雨水打湿，飞行困难。

[4] 冲雨：冒雨。

◇译文

清晨，阴云漠漠，细雨如丝。虽是春天，阁楼中的春意却并不浓。雨后，柳枝和花朵上挂着雨珠，仿佛伤心的泪水，大街小巷满是泥泞，门外的燕子也被雨水打湿了翅膀，慢慢地飞着。

现在已是艳阳高照，我坐在华丽的屋子里，看着院中的桃花绽放。时光已逝，当时我们冒雨在小桥下约会，藏在心底的愁情和怨恨只有我们两人才能明白。

水龙吟·梨花

素肌[1]应怯余寒，艳阳占立青芜地。樊川[2]照日，灵关遮路，残红敛避。传火楼台，妒花[3]风雨，长门深闭[4]。亚[5]帘栊半湿，一枝在手，偏勾引，黄昏泪。

别有风前月底，布繁英、满园歌吹。朱铅退尽，潘妃却酒[6]，昭君乍起[7]。雪浪翻空，粉裳缟夜，不成春意。恨玉容不见，琼英慢好，与何人比。

◇注释

[1] 素肌：比喻梨花。

[2] 樊川：汉武帝时长安有一名为“樊川”的梨园。

[3] 妒花：出自杜甫《风雨看舟前落花戏为新句》：“影遭碧水潜勾引，风妒红花却倒吹。”

[4] 长门深闭：用汉武帝陈皇后之事，兼取刘方平《春怨》中“寂寞空庭春欲晚，梨花满地不开门”之诗意。

[5] 亚：倾斜。

[6] 潘妃却酒：潘妃为南朝齐废帝东昏侯的妃子，名玉儿，肤白貌美。饮则脸红，

却则脸白。

[7]昭君乍起：比喻梨花凋落，梨叶生。陈元龙注《片玉集》引《琴操·昭君歌》："梨叶萋萋其叶黄，有鸟处此，集于苞桑。"

◇译文

梨花洁白却怕春天的余寒，明媚的春光下，它傲立在青草丛生之地。樊川、灵关的梨花与红日相映，遮挡了道路，暮春落红，收敛而去。过了清明节，嫉妒的风雨增多，满院的梨花将被吹落殆尽，唯有紧闭大门。帘子已被风吹得歪斜，窗棂的下半部分已被雨水打湿，黄昏时分，折下一枝梨花，又引起伤心的眼泪。

更有唐明皇在梨园花前月下的风流韵事，梨花满院，丝竹管弦，何等繁盛。如今脂粉褪尽，梨花凋落，梨叶渐生。凋落的花瓣在空中飞舞，映衬得夜色明亮，春意渐失。可恨的是佳人已不在，梨花再好，又能与谁比美呢？

锁阳台·怀钱塘

山崦[1]笼春，江城[2]吹雨，暮天烟淡云昏。酒旗渔市，冷落杏花村。苏小[3]当年秀骨，萦蔓草、空想罗裙。潮声起，高楼喷[4]笛，五两了无闻。

凄凉怀故国，朝钟暮鼓[5]，十载红尘。似梦魂迢递，长到吴门。闻道花开陌上，歌旧曲、愁杀王孙。何时见、名娃[6]唤酒，同倒瓮头春[7]。

◇注释

[1] 山崦：山坳。

[2] 江城：指钱塘。

[3] 苏小：指钱塘名妓苏小小。

[4] 喷：迸发。

[5] 朝钟暮鼓：寺庙中早晨撞钟、傍晚击鼓以报时。词中指在京城中的日日夜夜。

[6] 名娃：名妓。

[7] 瓮头春：初熟酒。

◇译文

山坳笼罩在一片春色中，江南下起了细雨，黄昏时分，烟淡云暗，村中鱼市和酒店渐渐冷清下来。埋葬名妓苏小小的地方已长满蔓草，空让人想起她生前穿着绿罗裙的样子。夜里风渐停，远处潮声隐隐，高楼上传来悠扬的笛声。

客居京城十年，凄凉孤寂，时时怀念故乡，只有在梦中才能回到遥远的家乡。听说江南已是春天，鲜花开满阡陌，唱起熟悉的歌曲，真让我这个流落他乡的人不胜忧愁。何时才能再回到故乡，和当年劝酒的美丽姑娘一起，倒满今年刚熟的新酒，一醉方休？

锁阳台·白玉楼高

白玉楼[1]高，广寒宫[2]阙，暮云如幛褰[3]开。银河一派，流出碧天来。无数星躔[4]玉李，冰轮动、光满楼台。登临处、全胜瀛海，弱水浸蓬莱。

云鬟香雾湿。月娥韵压，云冻江梅。况餐花饮露，莫惜徘徊。坐看人间如掌，山河影、倒入琼杯。归来晚，笛声吹彻，九万里尘埃。

◇注释

[1] 白玉楼：传说中天上的仙楼。

[2] 广寒宫：传说月宫中的楼观。

[3] 褰：揭开。

[4] 躔：天体运行。

◇译文

天上宫阙楼观高耸，暮云散开如同被揭开的帷帐。一条银河从天上倾泻而下，无数星辰和皎洁的明月在运行转动，把光亮洒满楼台。登上楼观，眺望眼前美景，胜过蓬莱仙山。

嫦娥的鬓发被香雾沾湿，她美丽的风韵胜过寒云笼罩着的江梅。何况她餐花饮露，在此尽情地徘徊流连。从天上俯瞰，只觉人间太过狭小，犹如巴掌，山河的景象倒映在酒杯中。归去已晚，悠扬的笛声穿越云层，响彻天上人间。

望江南·游妓散

游妓散，独自绕回堤[1]。芳草怀烟迷水曲[2]，密云衔雨暗城西。九陌[3]未沾泥。

桃李下，春晚未成蹊[4]。墙外见花寻路转，柳阴行马过莺啼。无处不凄凄。

◇注释

[1] 回堤：曲折回环的堤岸。

[2] 水曲：指河岸弯曲处。

[3] 九陌：指都城的大路。

[4] 蹊：路。《史记·李将军列传》："桃李不言，下自成蹊。"

◇译文

筵席散后，陪同游玩的歌伎纷纷离去，我独自沿着曲折的堤岸回去。曲折的河岸，水汽弥漫，芳草笼罩在云雾中，浓云密布，山雨欲来，城西的天色已昏暗阴沉。都城的大街上还没有泥泞。

春将暮，桃花和李花孤独地凋落，树下还未踩出路来。看到园内花开正艳，便想寻路前去寻访，骑马徐行在柳荫之下，倾听黄莺的婉转歌声。然而，处处呈现出凄清的暮春之景。

西平乐·稚柳苏晴

元丰初，予以布衣西上，过天长道中。后四十余年辛丑，正月二十六日，避贼复游故地。感叹岁月，偶成此词。

稚柳苏晴，故溪歇雨，川迥未觉春赊[1]。驼褐寒侵，正怜初日，轻阴抵死须遮。叹事逐孤鸿尽去，身与塘蒲共晚，争知向此，征途迢递，伫立尘沙。追念朱颜翠发，曾到处、故地使人嗟。

道连三楚[2]，天低四野，乔木依前，临路敧斜。重慕想、东陵晦迹[3]，彭泽归来[4]，左右琴书自乐，松菊相依，何况风流鬓未华？多谢故人，亲驰郑驿，时倒融尊[5]，劝此淹留，共过芳时，翻令倦客思家。

◇注释

[1] 赊：远。

[2] 三楚：指东楚、西楚、南楚。

[3] 东陵晦迹：秦时东陵侯召平的隐居行为。晦迹，隐藏自己的行踪。

[4] 彭泽归来：指陶渊明辞官隐居。

[5] 时倒融尊：指老朋友款待自己。

◇译文

元丰初年，我还是一介布衣，曾向西前往京城，路经天长。四十余年后，宣和三年正月二十六日，为了躲避兵祸，我再次重游故地，心中感慨岁月沧桑，偶然写下此词。

新发的柳枝在阳光中生长，原来的溪流上雨已停歇，此行虽然路途遥远，却并未感到春天来得太迟。驼毛衣袄挡不住寒气的侵袭，正盼着阳光可以驱散寒意，不料阴云却将它遮挡。往事已随孤鸿去，我与水边的蒲草一样也正在老去。怎能料到我还在漫长的道路上跋涉，在漫天的沙尘中伫立。遥想当年我也是意气风发少年郎，如今故地重游，徒增感叹。

这条道路依旧连接着三楚，天空笼罩四野，路旁的那棵大树仍然斜立着。我倾慕东陵侯的隐居行为，羡慕陶渊明的辞官归隐，以琴书自娱，与松菊相伴，何况他们还未衰老，已能如此洒脱风流。感谢老朋友亲自到驿站迎接我，又热情款待，劝我在此度过美好的时节，这反而让我这个疲倦的过客开始思念远方的故乡。

西河·金陵怀古

佳丽地[1]。南朝盛事[2]谁记？山围故国绕清江，髻鬟对起。怒涛寂寞打孤城，风樯遥度天际。

断崖树，犹倒倚。莫愁[3]艇子曾系。空余旧迹郁苍苍，雾沉半垒。夜深月过女墙[4]来，伤心东望淮水。

酒旗戏鼓甚处市？想依稀、王谢邻里。燕子不知何世[5]。向寻常、巷陌人家相对。如说兴亡斜阳里。

◇注释

[1] 佳丽地：指金陵（今南京市）。用南朝谢朓《入朝曲》“江南佳丽地，金陵帝王州”之句。

[2] 南朝盛事：指宋、齐、梁、陈四朝均建都于金陵。

[3] 莫愁：女子名，善歌谣。乐府《莫愁乐》：“莫愁在何处？莫愁石城西。艇子打两桨，催送莫愁来。”

[4] 女墙：城上的矮墙。

[5] 燕子不知何世：刘禹锡《乌衣巷》：“朱雀桥边野草花，乌衣巷口夕阳斜。

旧时王谢堂前燕，飞入寻常百姓家。”

◇译文

南朝时金陵的胜景，如今还有谁能记得呢？群山环绕着旧日的都城，江岸髻鬟似的青山相对耸立。长江的风浪寂寞地扑打着这座孤寂的古城，鼓起风帆的船正驶向遥远的天际。

陡峭的山崖上，一棵似乎倾倒的老树仍旧倚靠在山崖边。当年，莫愁姑娘曾在这里系过艇子吧。如今只剩下旧迹，浓郁苍翠，半截城垒隐现在浓雾中。夜深了，月亮从女墙上慢慢升起，照耀着东边的秦淮河，如今徒增伤感。

那酒旗高悬、锣鼓喧天的热闹处到底是什么街市呢？想来大约是王、谢家族府宅的旧址吧。燕子不知道朝代更替，现在是什么时世了。即便成为寻常百姓之家，依旧飞来筑巢。在夕阳的余晖中喃喃细语，诉说着这里的盛衰兴亡。

应天长·条风布暖

条风[1]布暖，霏雾弄晴，池塘遍满春色。正是夜台[2]无月，沉沉暗寒食。梁间燕，前社客。似笑我、闭门愁寂。乱花过，隔院芸香，满地狼藉。

长记那回时，邂逅相逢，郊外驻油壁。又见汉宫传烛，飞烟五侯[3]宅。青青草，迷路陌。强载酒、细寻前迹。市桥远，柳下人家，犹自相识。

◇注释

[1] 条风：东风，春风。

[2] 夜台：坟墓，阴间。

[3] 五侯：指达官贵人。汉桓帝封单超新丰侯、徐璜武原侯、左悺上蔡侯、具瑗东武阳侯、唐衡汝阳侯。

◇译文

和煦的春风送来暖意，雾气时聚时散，天气阴晴不定，池塘已布满春色。漆黑的夜晚，没有月光照耀的阴间，寒食时节，更加暗沉。梁间燕子呢喃，它们是去年的旧客，似乎在笑我，独自在屋内愁闷。落花纷飞，飘来隔壁院中的香气，落花满地，一片狼藉。

我深深记得，那次郊外的邂逅，她停下了那辆油壁车。寒食时节的黄昏，皇宫开始传烛点火，王公贵族的宅院飘出缕缕轻烟。青草依旧，道路迷离。我载酒出门，仔细寻找之前的痕迹。来到市桥附近，找到了那处宅院，人们还认识我。

忆旧游·记愁横浅黛

记愁横浅黛，泪洗红铅，门掩秋宵。坠叶惊离思，听寒蜇[1]夜泣，乱雨潇潇。凤钗半脱云鬟，窗影烛光摇。渐暗竹敲凉[2]，疏萤照晚，两地魂销。

迢迢。问音信，道径底花阴，时认鸣镳[3]。也拟临朱户，叹因郎憔悴[4]，羞见郎招。旧巢更有新燕，杨柳拂河桥[5]。但满目京尘，东风竟日吹露桃[6]。

◇注释

[1] 寒蜇：寒蝉。

[2] 暗竹敲凉：黑夜中冷风吹过竹林，竹枝相互碰撞。此句化用唐郑谷《池上》诗："露荷香自在，风竹冷相敲。"

[3] 镳：马勒。

[4] 因郎憔悴：元稹《会真记》中莺莺与张生诗："不为旁人羞不起，为郎憔悴却羞郎。"

[5] 河桥：指送别之所。

[6] 露桃：带露珠的桃花。晏几道《蝶恋花》有"三月露桃芳意早"之句。

◇译文

还记得离别的那个秋夜，房门轻掩，她愁眉紧锁，伤心的泪水花了脸上的妆容。簌簌的落叶惊醒了离别的沉思，风雨潇潇，寒蝉在黑夜中悲泣。她发髻松散，凤钗半落，窗户上的身影在烛光中摇曳。风吹过，竹枝碰撞，沙沙作响，夜空中还有几只萤火虫闪烁，分隔两地，相思的煎熬，让人黯然销魂。

我虽与她天各一方，却不断打听她的消息。她常常在小路旁、花荫下徘徊，希望从过往的马铃声中辨认我的归来。她也曾打算到门口等待，又担心因思念憔悴的面容被我看见。新来的燕子住进了去年的旧巢，新生的杨柳轻拂着河桥。我依旧在京城飞扬的尘土里奔忙，看着春风整日吹拂着沾满露珠的桃花。

一落索·眉共春山争秀

眉共春山争秀。可怜长皱。莫将清泪湿花枝[1]，恐花也、如人瘦[2]。

清润玉箫闲久。知音稀有，欲知日日倚栏愁，但问取[3]、亭前柳。

◇注释

[1] 湿花枝：化用李商隐《天涯》："莺啼如有泪，为湿最高花。"

[2] 恐花也、如人瘦：此句化用李清照《醉花阴》："帘卷西风，人比黄花瘦。"

[3] 取：助词。

◇译文

弯弯的眉毛是那样秀美，只有妩媚的春山能与之媲美，可惜它却总是皱紧。别让泪水打湿了花枝，使花儿也和人一样消瘦。

知音难觅，她那清亮圆润的玉箫声已很久没再响起了。要想知道她为什么每日倚着栏杆愁眉不展，就问问亭前那棵柳树吧。

一落索·杜宇思归声苦

杜宇思归声苦。和春催去。倚阑一霎酒旗风，任扑面、桃花雨[1]。

目断陇云江树。难逢尺素[2]。落霞隐隐日平西，料想是、分携[3]处。

◇注释

[1] 桃花雨：指桃花纷纷飘落。

[2] 尺素：书信。

[3] 分携：分手。

◇译文

杜鹃啼鸣，声声催归，春天在它凄苦的叫声中匆匆归去。我倚靠着栏杆，一阵风吹过，酒旗在风中飘舞，桃花纷纷飘落，飞到我的脸上。

我的视线被掩映在江边云雾中的绿树阻隔，一直收不到她的来信。落日西沉，云霞隐没的远处，就是我们当时分手的地方吧。

一寸金·新定作

州夹苍崖，下枕[1]江山是城郭。望海霞接日，红翻水面，晴风吹草，青摇山脚。波暖凫鹥作。沙痕退、夜潮正落。疏林外、一点炊烟，渡口参差正寥廓。

自叹劳生[2]，经年何事，京华信漂泊？念渚蒲汀柳，空归闲梦，风轮[3]雨楫[4]，终孤前约。情景牵心眼，流连处、利名易薄。回头谢、冶叶倡条[5]，便入渔钓乐。

◇注释

[1] 枕：临，靠近。

[2] 劳生：辛劳的生活。

[3] 轮：指旱路。

[4] 楫：指水路。

[5] 冶叶倡条：指歌伎舞女。

◇译文

新定城被夹在苍翠的山崖之间，好像以江山为枕，城郭地势险要。站在城上可以看到水天相接，红日映照着江面，泛起一片红波，和风吹拂，山脚下青草起伏。春天，江水变暖，水中有野鸭戏水，水面有水鸟飞翔。夜晚，潮水回落，岸边的沙滩还留有退水的痕迹。稀疏的树林外，有炊烟袅袅，渡口岸石参差，江天辽阔。

可叹我这半生辛劳，到底为何事，年年在京都漂泊？想着独居异乡，辛酸劳顿，徒劳地做着回乡的闲梦，最终还是辜负之前的约定。这时的情景触动我思乡的情怀，流连忘返，深感功名利禄不过是过眼云烟。回顾过去，应该拒绝年轻时的放荡，过一种垂钓的闲适生活。

夜游宫·叶下斜阳照水

叶下斜阳照水[1]，卷轻浪、沉沉千里。桥上酸风射眸子[2]。立多时，看黄昏，灯火市。

古屋[3]寒窗底。听几片、井桐飞坠。不恋单衾再三起。有谁知？为萧娘[4]，书一纸！

◇注释

[1] 叶下斜阳照水：欧阳修《渔家傲》："荷叶田田青照水，孤舟挽在花阴底。"

[2] 酸风射眸子：冷风侵袭，眼珠发酸。李贺《金铜仙人辞汉歌》："魏官牵车指千里，东关酸风射眸子。"

[3] 古屋：破旧的屋子，指咸阳的驿馆。

[4] 萧娘：对女子的泛称，指所爱之人。

◇译文

夕阳透过树叶照在水面，浪花翻卷，深沉地流向远方。凛冽的寒风吹得人眼睛发酸，我在桥上伫立已久，看着黄昏将尽，街市上逐渐亮起点点灯火。

我坐在老屋寒冷的窗下，听着几片梧桐叶坠落在井台边。在深秋的夜里，辗转反侧，谁知道我难以入眠的原因，全是因为她给我寄来了一封书信。

夜飞鹊·别情

河桥送人处，凉夜何其[1]。斜月远堕余辉。铜盘烛泪已流尽，霏霏凉露沾衣。相将[2]散离会，探风前津鼓，树杪参旗[3]。花骢会意，纵扬鞭、亦自行迟。

迢递路回清野，人语渐无闻，空带愁归。何意重红满地，遗钿不见，斜迳都迷。兔葵燕麦[4]，向残阳、欲与人齐。但徘徊班草[5]，唏嘘酹酒[6]，极望天西。

◇注释

[1] 夜何其：夜何如。其，语气助词。

[2] 相将：行将，宋时口语。

[3] 参旗：星名，又名天旗、天弓。

[4] 兔葵燕麦：兔葵，草名，生于沼泽和田野，可作野菜。燕麦，谷类粮食作物，俗称野麦。

[5] 班草：布草而坐。

[6] 酹酒：以酒浇地而祭。

◇译文

在河桥与情人惜别，夜晚弥漫着凉意，残月的余晖向远处的天边坠落。铜盘中的蜡烛就要燃尽，浓密清凉的露水打湿了衣裳。离别的筵席就要散了，探头听，渡口报晓的鼓声随风传来，参旗星已落到了树梢。花骢骏马似乎懂得我们惜别的情思，不管怎样扬鞭催赶，依然慢慢行走。

归途遥远，原野空旷清寂，嘈杂的人声渐渐消失，我满怀离愁归去。为何再来到与她分别的地方，只见落花满地，找不到她的一点遗迹，连偏斜的小路都迷离得难以辨认。斜阳照射下，兔葵、燕麦长得几乎与人一样高。我在曾与她共同坐过的草丛边徘徊，伤心地以酒浇地，极目天际，夕阳西下。

尉迟杯·离恨

隋堤路。渐日晚、密霭生深树。阴阴淡月笼沙[1]，还宿河桥深处。无情画舸，都不管、烟波隔南浦。等行人、醉拥重衾，载将离恨归去。

因念旧客京华，长偎傍、疏林小槛欢聚。冶叶倡条俱相识[2]，仍惯见、珠歌翠舞[3]。如今向、渔村水驿，夜如岁、焚香独自语。有何人、念我无聊，梦魂凝想鸳侣。

◇注释

[1] 淡月笼沙：化用杜牧《泊秦淮》："烟笼寒水月笼沙。"

[2] 冶叶倡条俱相识：化用李商隐《燕台》："冶叶倡条遍相识。"

[3] 珠歌翠舞：指美妙的歌舞。《杨妃外传》："明皇令官妓佩七宝璎珞舞《霓裳羽衣曲》。曲终，珠翠可扫。"

◇译文

走在汴河的堤岸上，天色渐晚，树丛深处弥漫起浓密的雾气。月色暗淡，笼罩着沙岸，我回到河桥深处的寄宿之处。航船无情，不管浩渺烟波阻隔，待行人带着醉意躺下，满载离愁归去。

于是回忆起过去客居京华的日子，我们常常相互依偎，在疏林中散步，在小槛旁欢聚。京城的歌伎我都认识，我已看惯了她们美妙的歌舞。现在，我一个人投宿在荒凉的渔村水驿，夜长漫漫如年，独自焚香，自言自语。有谁会想到我的孤寂？连梦中都想念着心爱的伴侣。

月中行·怨恨

蜀丝趁日染干红[1]。微暖面脂融。博山[2]细篆[3]霭房栊[4]。静看打窗虫[5]。

愁多胆怯疑虚幕，声不断、暮景疏钟。团团四壁小屏风。啼尽梦魂中。

◇注释

[1] 干红：深红色。

[2] 博山：一种香炉名。

[3] 细篆：形状像篆体字的香。

[4] 房栊：房子中的木隔扇。

[5] 打窗虫：在窗户上扑腾的小虫。

◇译文

灿烂的阳光下，蜀丝制成的衣裳，仿佛被染上了深红的颜色。她脸上的妆容，也因天气转暖而稍微有点花。博山炉中，青烟袅袅，篆香的烟雾在房中飘荡，她静静地看着窗户上扑腾的飞虫发呆。

过多的忧愁使她变得胆怯，就算是风吹帘幕，也让她害怕。何况是黄昏时分，远处的钟声不断，增添了无限凄凉。在四周围绕着的小屏风中间，她终于朦胧进入梦乡，在梦中依旧哭得悲戚。

意难忘·美咏

衣染莺黄。爱停歌驻拍[1]，劝酒持觞。低鬟蝉影动，私语口脂香。檐露滴，竹风凉。拚剧饮淋浪[2]。夜渐深、笼灯就月，子细端相[3]。

知音见说无双。解移宫换羽，未怕周郎[4]。长颦知有恨，贪耍不成妆。些个事[5]，恼人肠。试说与何妨？又恐伊、寻消问息，瘦减容光。

◇注释

[1] 停歌驻拍：乐曲没有结束临时停止歌舞的节拍。

[2] 淋浪：淋漓。

[3] 端相：正视。

[4] 周郎：指三国时的周瑜。《三国志》："周瑜少精意于音乐。虽三爵之后，其有阙误，知之必顾。故时人语曰：'曲有误，周郎顾。'"

[5] 些个事：指离别之事。

◇译文

她穿着莺黄色的舞衣，常在曲中停止歌舞，拿起酒杯，劝我饮酒。她低下头来，形如蝉翼的发髻微微颤动，与我悄悄私语时，能闻到她唇脂的香气。檐下滴着露水，竹林刮来凉风，我拼命饮酒，只想大醉一场。夜渐深，我提着灯笼，与她一同走在月光下，仔细端详着她的模样。

听说她善音律，技艺无双，能够移宫换羽，敢在行家面前演奏。现在，她却深深皱着眉头，我知她心中的忧愁，她因贪爱玩耍，顾不上梳妆。这离别的事情，让人牵肠挂肚，说给她听又何妨？又担心她以后会不断地打探消息，消瘦了容貌，有损姿容。

玉楼春·大堤花艳惊郎目

大堤花艳惊郎目[1]。秀色秾华看不足。休将宝瑟写幽怀，座上有人能顾曲。

平波落照涵[2]赪[3]玉。画舸亭亭浮澹渌。临分何以祝深情？只有别离三万斛。

◇注释

[1] 大堤花艳惊郎目：化用《襄阳乐》："朝发襄阳城，暮至大堤宿。大堤诸女儿，花艳惊郎目。"

[2] 涵：沉浸。

[3] 赪：赤色。

◇译文

大堤上的姑娘艳丽如花，小伙子们看得眼花缭乱。姑娘们容貌美丽，风韵动人，小伙子们看不够。别用宝琴倾诉你心中的情感，因为有深知音律的行家在座。

波平浪静，斜阳倒映水中，有如红色的玉盘沉浸在江面。画船在清澈的水面上浮动，即将分别，用什么来表达我对你的深情？只有无穷的相思和离愁。

玉楼春·桃溪不作从容住

桃溪不作从容住[1]。秋藕绝[2]来无续处。当时相候赤栏桥，今日独寻黄叶路。

烟中列岫青无数。雁背夕阳[3]红欲暮。人如风后入江云，情似雨余粘地絮。

◇注释

[1] 桃溪不作从容住：该句用典，出自刘义庆《幽明录》。东汉时期，刘晨、阮肇去天山采药，因迷路不能出山，在溪边遇见两个仙女，相爱留居山中。半年后，两人因想家求归，出了山才发现已过了三百多年。后又入山，不知所终。

[2] 绝：断。

[3] 雁背夕阳：化用温庭筠《春日野行》："蝶翎胡粉尽，鸦背夕阳多。"

◇译文

由于当初没在桃溪仙境从容居住，以至于现在我们恩断义绝，就像被折断的秋藕，再也无法连接。犹记赤栏桥畔，我们第一次约会，如今，只有我一人独自徘徊在落满黄叶的荒路。

烟雾笼罩着无数耸立的山峦，夕阳的余晖洒满雁背，落霞染红，天将暮。她像被风吹落在江面的云彩，没有音信，我的思念像被雨水打湿的柳絮，粘在地上。

虞美人·疏篱曲径田家小

疏篱曲径田家小。云树开清晓。天寒山色有无中[1]。野外一声钟起送孤篷。

添衣策马寻亭堠[2]。愁抱惟宜酒。菰蒲睡鸭占陂塘[3]。纵被行人惊散又成双。

◇注释

[1] 天寒山色有无中：该句化用王维《汉江临泛》：“江流天地外，山色有无中。”

[2] 亭堠：又作“亭候”，也作“亭堡”，古代用来侦察、瞭望的岗亭。

[3] 菰蒲睡鸭占陂塘：黄庭坚《睡鸭》：“天下真成长会合，两凫相依睡秋江。”

◇译文

稀疏的篱笆，曲折的小路，散落着几户农家小院。清晨的阳光驱散了缭绕在树林间的云雾。带着寒气的山峦在远处若隐若现，野外传来报晓的钟声，是为起航远行的孤船送别。

我添加了衣服，扬鞭策马，去寻找附近的古亭堠。满怀忧愁，只有饮酒最适合此时的心情。长满菰草和蒲草的池塘里，鸭子成双成对安逸地睡着，即使被行人惊散，很快又双双对对地依偎着。

虞美人·玉觞才掩朱弦悄

玉觞才掩[1]朱弦悄。弹指壶天[2]晓。回头犹认倚墙花。只向小桥南畔便天涯。

银蟾依旧当窗满。顾影魂先断。凄风休飐半残灯。拟倩[3]今宵归梦到云屏。

◇注释

[1] 掩：停止。

[2] 壶天：壶中天，指天。《云笈七签》："施存学大丹之道，后遇张申为云台治官，常悬一壶如五升器大，变化为天地，中有日月，如世间。夜宿其内，自号壶天。"

[3] 倩：请，托。

◇译文

刚刚放下酒杯，琴弦也不再发出声音。不一会儿，天就亮了。回头看了看，还能看见倚在墙边的花儿，但到了小桥南边，便感到从此天各一方的悲伤。

今天，月亮依旧是满月，只是看着月下孤单的身影，她一定很悲伤。冷风啊，请你不要摇晃那欲灭未灭的灯火，我打算今晚在梦中回到她的身边。

虞美人·廉纤小雨池塘遍

廉纤[1]小雨池塘遍。细点[2]看萍面。一双燕子守朱门。比似寻常时候易黄昏。

宜城酒[3]泛浮香絮[4]。细作更阑语。相将羁思乱如云。又是一窗灯影两愁人。

◇注释

[1] 廉纤：细雨。韩愈《晚雨》：“廉纤晚雨不能晴，池岸草间蚯蚓鸣。”

[2] 细点：细小的雨点。化用李商隐的《细雨》诗：“气凉先动竹，点细未开萍。”

[3] 宜城酒：汉南郡宜城（今湖北省宜城市）生产的名酒。

[4] 香絮：酒面上的浮沫，又名“浮蚁”。

◇译文

如丝的细雨洒落池塘，长满浮萍的水面溅起无数细点。朱红的门檐下，一双燕子待在巢里不再飞出。今天的黄昏似乎比平常时候来得更早些。

杯中的宜城酒漂浮着细小的浮沫，我们喁喁细语直到深夜。即将分手，思绪纷乱如云，灯影摇曳，窗下的两人默然相对，又一次为离愁伤怀。

月下笛·小雨收尘

小雨收尘，凉蟾莹彻，水光浮璧[1]。谁知怨抑？静倚官桥吹笛，映宫墙、风叶乱飞，品高调侧[2]人未识。想开元旧谱，柯亭遗韵[3]，尽传胸臆。

栏干四绕，听《折柳》[4]徘徊，数声终拍。寒灯陋馆，最感平阳孤客。夜沉沉、雁啼正哀，片云尽卷[5]清漏滴。暗凝魂、但觉龙吟万壑[6]天籁息。

◇注释

[1] 水光浮璧：指月影像碧玉一样浮在水面上。

[2] 调侧：侧调，古乐三调中的一调。

[3] 柯亭遗韵：东汉末年蔡邕留下的笛曲。蔡邕曾避难会稽，宿于柯亭，看见亭上椽竹，知为制笛良材，制成笛子后，果然成为名笛。

[4]《折柳》：曲名，即《折杨柳》。

[5] 片云尽卷：指天上没有一片云彩。

[6] 龙吟万壑：形容笛声像龙鸣声在山中回荡一样清脆响亮。

◇译文

一阵细雨使空中飞舞的尘埃落地，月光清冷，月影像碧玉一样浮在水面上。我倚靠着官桥的栏杆吹着笛曲，宫墙外柳叶纷纷飘落，可是谁能听懂这激扬的笛曲中哀怨和抑郁的感情呢？这虽是旧时流传下来的乐曲，但完全能够表达我此时思乡的感情。

在栏杆围绕的官桥上倾听着悠扬的笛曲《折杨柳》，不禁引起思乡之情，独自徘徊流连，直到乐曲终了。回到简陋的旅舍，在寒灯下，听到笛声，最是让人伤感。暗夜沉沉，更觉雁鸣声悲，天上没有一丝云彩，滴漏声声，更加清晰。神情黯然，凝神细听，只觉世间的一切声响都已停止，只有清脆的笛声像龙鸣一样在山中回响。

醉桃源·冬衣初染远山青

冬衣初染远山青。双丝云雁绫[1]。夜寒袖湿欲成冰。都缘珠泪零。

情黯黯[2]，闷腾腾[3]。身如秋后蝇[4]。若教随马逐郎行。不辞多少程。

◇注释

[1] 云雁绫：有雁在云中高飞图案的绫。化用白居易《缭绫》中“织为云外秋雁行，染作江南春水色”之句。

[2] 黯黯：沮丧忧愁的样子。

[3] 腾腾：懒洋洋。

[4] 秋后蝇：指“冻蝇”，比喻因情思而慵懒。该典故出自《文选》中的《广绝交论》“附驵骥之旄端”注：“《张敞集》：苍蝇之飞，不过十步；托骥之尾，乃腾千里之路。”

◇译文

刚穿的冬衣就像远山般青绿，布料是用双丝织成的花绫，上面还有鸿雁在云中高飞的图案。寒冷的夜里，被打湿的衣袖，快要结成冰，那是因为泪水不停地流下。

我情绪低落，闷闷不乐，身心疲惫，如同秋后的苍蝇般懒洋洋。假如让我跟随着郎君，不管路程多远，也不觉辛苦。

烛影摇红·芳脸匀红

芳脸匀红，黛眉巧画宫妆浅。风流天付与精神，全在娇波眼。早是萦心可惯[1]。向尊前，频频顾眄[2]。几回相见，见了还休，争如不见。

烛影摇红，夜阑饮散春宵短。当时谁会[3]唱《阳关》，离恨天涯远。争奈云收雨散。凭阑干，东风泪满。海棠开后，燕子来时，黄昏深院。

◇注释

[1] 可惯：值得娇惯。

[2] 顾眄：回顾。

[3] 谁会：谁知道。

◇译文

脸上均匀地涂抹着脂粉，散发着香气，黛色的眉毛，勾画得精巧，这正是宫中淡妆的样式。她那天然的风流气质，全在一双娇媚流转的眼波中。我们早就相互钟意，在宴会上，频频眉目传情。也有几次相见，也只是相见，还不如不见。

红色的烛光摇曳，夜深了，宴饮散后，春宵苦短。当时谁知道会有唱《阳关曲》的这一天？人已远隔天涯，心中无限离恨。无奈啊，一切都已经云收雨散。倚靠着栏杆，春风拂来，泪流满面。海棠花已落，燕子也从遥远的南方飞回了，我还在黄昏的院子里思念着你。